気づく生き方

三浦朱門
曽野綾子

青春新書
PLAYBOOKS

はじめに

愛というと、普通は母親の我が子への感情とか、本能に根付くとはいえ、男女のたがいへの献身的な思いなどが典型ということになるが、これを広い意味にとると、相手への関心ということになる。

相手への関心まで問題を広げると、そこにプラスとマイナスの関心が見えてくる。あの人のためなら、自分は死んでもいい、というのが、プラスの関心であるとすれば、アイツを破滅させるためなら、自分の命をかけてもいいと思いつめて、相手を殺し、それが悪と評価されるのが許せなくて自殺する。そういうことも、相手への関心である。しかしこれはマイナスの関心である。

この本ではプラスの関心、いわゆる愛の問題を中心に取り上げた。マイナスの関心まで考えると、収拾がつかなくなる恐れがあったからである。それにしても、プラスの関心にも、ある限界があって、それを越えるようなことがあると、それはマイナスの関心になりかねない。

現に愛し合って結婚したはずの夫婦が、激しい憎悪の末に離婚する結果になることも、この世では珍しいことではない。つまり愛には限界線があって、それを越えると、それはマイナスの関心、つまり憎悪になってしまう危険性をはらんでいる。

つまりマイナスの関心になりかねない要素も、相手との接触が深くなれば、当然、見えてくる。二人の最初の関心、いわゆる愛というもの――これはこれで人生の最も美しいものの一つである――を完遂するためには、どうしたらよいのか。

この本はその境界線の意味を考えたもの、といえよう。相手との接触が深まるにつれて見えてくるマイナスの要素を、「愛」というプラスの範囲内で、如何にして処理すればよいのか。これは愛し合うが故に、起きる問題である。私たち筆者も、読者と一緒に考えてゆきたいと思っている。

三浦朱門

目次

1章　夫婦のかたち・幸せのかたち

2章 「与える」幸せ、知っていますか

3章 家族は不完全なくらいがちょうどいい

4章 年を重ねて見えてきた〝愛とは庇《かば》うこと〟

5章　老・病・死……すべてに納得して生ききるために

装　画／北原明日香
本文DTP／エヌ・ケイ・クルー

1章

夫婦のかたち・幸せのかたち

本当の愛情、本当のサービスというのは、プロじゃなくて、毎日毎日が失敗続きの素人の女房なのかもしれないんですね
（三浦）

人間の存在の価値というのは、たとえば、一つの会社を大きくして、製品を世界に売りまくって、その製品によって世界の人が幸福になった、ということも一つの仕事だけれども、私は同じように、家の中に住む一人の妻と何人かの子どもを幸せにしたということも偉大なことだと思うんですね
（曽野）

1 賢い妥協をしていますか

◇夫婦というものは、それを構成する二人の人間のうち、低いほうの水準で生活するものである。

——アンドレ・モーロア

曽野　私、これとっても面白いと思う。私の人生で知り得た中では、**高いほうに合わせさせられている人もいるんですよ。それで大変な思いをしてるわけ。**

たとえば、立派なお屋敷に住んで何人も召使いがいるような人が、家でパーティーをする。そうすると、何某さんと何某さんをお招《よ》びした時には、お料理のメニューはこれで、お花は何で、ロウソクは何だということを全部ノートにとって、二度と同じものを出さないんですって。

私は話を聞いただけでくたびれて、自分はそういうことを一回もやらなくて済んだのは幸せだと思う、低いほうの水準になだれ込む人間なんです。知的には私なりに高いほうのもやりたいですけれども、基本的に低いほうの水準で生活するというのは、一種のゆとりができますね。いっぺん下げても、自然にまた上げたければ上げればいいのですから。それはたいして悲劇にならない。

むしろ、非常にシンプルな生活をしたり、どこかで手を抜くということをするのと、一生懸命高くなるように生涯努力しても、同じぐらいになるんじゃないかしら。どっちが幸せとは言いません。これは性格による。私のようなのは低きにつくのは楽でいいなあ、と思って生きています。これだから、不眠症にもならないし、イライラもしない。私なんか、きつい生活していると人に当たりたくなるんです。これ以上当たったら大変だから、のんびりしてるから、のんきな顔してられるんだなあと思うんです。だから、それぞれのよさを思うのがいいですね。

ただ、私が反感を覚えるのは、うちの田舎の食べものが一番おいしい、野菜が新鮮で、魚がいいなどというのは困るのよね。私に言わせると、そんなものは、材料がいいだけで、文化生活ではない。東京のすごさっていうのは、どうやって作ったかわからないようなお料理があることとです。時には材料さえわからなくて、私のように乱視がひどいと「何が入ってるの？」というぐらいすごいお料理がある。あれは芸術。刺身は全然、芸術じゃないんです。それがわからなくて、うちの田舎が一番いいって言ってる人に会うと、私はまったく反対はしませんけど、困った人だなと思うわけです。

つまり、私は両方好きなの。田舎に行って、採れたてのたけのこを茹《ゆ》でただけのものとか、磯でとってきたお魚を、ただ醤油と砂糖で煮たという、そういうお魚の味、これもおいしい。一方で、目が悪いと一体どんな材料で作ったかわからないというようなお料理も好き。

魚の煮付けしか食べられないんじゃつまらないといって怒るとか、フランス料理なんてくどくて食べられないといって怒るとか、そういうのは私は貧しさだと思うのね。

三浦　この言葉の場合、水準の高いほうが、低い水準に合わせることの楽しみを覚えればいいんですよ。そして、高級なフランス料理もいいけど、こいつと一緒でお茶漬けの味がわかったという、これがいいものとわかることが愛情というものです。それができないのはだめなんだ。

もう一つ、いけないのは、**大多数の人は、中途半端な状態で生活しているということ**なんです。足して二で割ったような。そうすると、低い水準の人は無理しているわけですよ。フランス料理なんか食べたくないんだけど、しょうがない、おいしいとは思わないけど、これは高級なんだと思って、やっぱりどこそこの店のなんとかはよろしゅうございますわね、なんて言って食べてる。だけど、ほんとは満足してない。そして、低いほうに合わせた水準の高いほうは、これは本当の高級ではないと思ってるから、両方とも不満なんです。

両方で中途半端に寄り合ってるほうが、夫婦は破滅する可能性がある。両方が不満ですから。何にせよ、どんな状況にも面白みを見つけるということ以外にない。違うから異性。そういう異性と一緒になったらば、違うことを楽しまなきゃだめですね。

曽野　そして、どうしても上級が好きだったら、女房に隠して行って、こっそりフランス料理を食べてくる。

三浦　「どこ行くの？」「ちょっと出てくる」って、そういう楽しみ方。だらしない人と結婚して、だらしない、だらしないと思ってイライラしてるよりも、そういうことに自分も慣れてみる。そうすると、ある意味では堕落というけど、寛容である、みたいな部分が身につくんじゃないか。

もう一つ、きれい好きな女房が、亭主に合わせて汚くしてて、たとえば、自分の引き出しだけはキチッとしておく。タンスの中だけキチッとしておく。ある時、亭主がその引き出しの中を見て、こういうのもいいなと思ってくれればとてもいい。

2 〝ほどほどの夫婦〟という幸せ

◇結婚は顔を赤くするほど嬉《うれ》しいものでもなければ、恥ずかしいものでもないよ。それどころか、結婚をして一人の人間が二人になると、一人でいた時よりも人間の品格が堕落する場合が多い。

——夏目漱石『行人』

曽野　夏目漱石って、やっぱりいいことを言いますね。たしかに人間の品格が堕落する場合が多い。だいたい人間と人間が付き合うと、単純な分け方でいうと上等になるより堕落するほうが多い。でもそれが人間的になるということで、寛大になるということでもあるんですね。だから、私は好きですね。堕落させられたみたいなことに感謝する。高級になったと思う時って、だいたい危ないですからね。

三浦　「結婚式っていうのは、公開の場で、二人はセックスしますって宣言するものだ」と気がきいたことを言いたがるばかがいますけど、遠藤周作の息子の龍之介氏と奥さんが結婚した時に、メインテーブルのそばに山本健吉さんと北杜夫がいまして、北杜夫が大きな声で「山本さん、遠藤の息子と嫁さんはもう既にあれやってますかね」「ばか、そんなこと大きな声で聞くもんじゃない！」

私はそばの席で全部丸聞こえだった。

曽野　私たちの仲のいい神父様が一人いて、その方と私とが一年に一度、ハンディキャップを持った方々と一緒に外国へ、半分聖書の勉強、半分遊びに行くんです。その時に神父様がおっしゃるんです、「僕は葬式は好きだねえ。結婚式は嫌だ。すぐ、離婚したいと言ってくるからね。その点、葬式はいい、完璧だ、あれは完結している」っておっしゃるのよ。そういう言葉はいいですね。

結婚をしましたって、舌の根も乾かないうちに二人がでたらめをやるでしょう。いいことじゃないかもしれないけど人間的であることを、哀しく認めるのね、それがカトリックなんです。カトリックっていうのは、洗礼を受けると、あなたがやってきた悪いことは許されますよ、というのと同時に、告悔《こっかい》、つまり告白の仕方を教えるわけでしょう。ということは、いま許されても、一分後にたぶんお前は悪いことをするだろうから、それを許してもらうにはどうするかということを教えるわけです。徹底してますね。いいんですよ、人を信じないというか、**人間というのはほどほどの分際なんだ**ということを教えるやり方というのは、私は好きです。

三浦　それから、結婚すると、男の場合は理想を失う。多くの場合、青くさい理想であることが多いんですけど、たとえば例を一つ。ある男は法律家だったんですが、革命を信じ、その達成のために努力して、自分の仕事でも、弱き者の権利を主張することを一生懸命やっていた。それが、カトリックの信者の女と結婚したら、たちまちのうちに堕落して、革命を思わなくなった。奥さんに「どうやって夫の精神を変えたんだ」と聞いたら、「なに、トリスをダルマにしただけよ」と。

曽野　前はトリスを飲んどったんだけど、いっぺんダルマを飲ませたら、「もうトリスは飲めん」て。私はそれにちょっと反対だったんですよ。なぜかというと、私はトリスもおいしいと思ってるから。トリスは工事現場から上がってきてキューッとやったらおいしいな、なんて思ってちょっと反対はしてましたけど。まあ、精神を変えるとはそういうものなんでしょうね。

三浦　人間は、貧困とか苦痛にはわりと耐えるんですね。しかし、快楽とか富貴には弱い。ですから、自分のもっている優越感に弱い。権力、富貴、優越感、そういうものに対して弱いというか、堕落しやすい。「孟子」に「富貴も淫《いん》する能《あた》わず。貧賤も移す能わず、威武も屈する能わず。これをこれ大丈夫という」という言葉がある。つまり、富貴によっても人格がとろけない、これが本当にたよりになる人間だと。結婚は別に富貴じゃないんですけど、ある意味で、二人だけの世界で安易でイージーになれる場なんですね。それによって品格が堕落する場合が多いというのは正しいことなのです。一度ダルマを飲んだらトリスは飲めん、というかたちの話が成り立つわけです。

3 夫のものは妻のもの、妻のものは妻のもの

◇愛情のない結婚は悲劇だ。しかし、まるっきり愛情のない結婚よりいっそう悪い結婚が一つある。それは、愛情はあるが、それはただ一方にだけ、という場合だ。貞節はあるが一方にだけ、献身はあるが一方にだけ、そして夫婦の心の一方だけが必ず踏みにじられるという場合だ。

——オスカー・ワイルド『理想の夫』

三浦　うん、これは面白い比喩ですね。うちもそうじゃない、というか"My money is my money, your money is my money."って言うじゃない。

曽野　それは、こういう話なんですよね。お宅は収入の差がありますねってよく言われます。時によって私が多いことがあるわけですね。その時、ご主人が傷つきませんかって。私は「全然！」って言ったんです。

どうしてですかって言うから、"My money is my money, his money is my money." つまり財布は底のところで一緒になってますから、全部いつも同じだからって言ったんですよ。そうしたら、センスのないジャーナリストの方がね、まったく逆の解釈で「私のお金は彼のもので、彼のお金は彼のものですから、うちは平和です」って私が言った、と書かれたんです。そんな貞淑なことは言ってないんですね。

逆に私は全部自分のお金だと思ってるでしょう。だから、ちょっとケチしたりね。亭主のお金だから使っちゃおうなんて思わないの。自分のお金だと自由に買いますけど、ケチになるじゃないですか。だから、それで別々に考えたことありません。正確に知ってるのは税務署だけって言ったんです。

三浦　だから、お金にたとえると、二人の共同の金箱があって、ポッポッと入れて、必要に応じてそれぞれが使っていって、ちょっと少ないからケチしようかな、と思うようなかたちでコントロールしていけるのがいい。そういうことができない、つまり、はっきり分かれている。自分の金は九割、相手は一割しかないというような、夫婦の間に利害による境界線が引かれていて、共同の貯水池を持てないということだとすれば、それはやはり悲劇だと思う。

曽野　貯水池なら余力がある。だけど、流れだとどうにもならないということですね。水流の調節ができない。貯水池があれば、どの沢から流れ込んできたかよくわからないし、こだわる必要もない。また、出て行く時に、体力、経済力、気力、いろんなもののコントロールが利くということでしょう。それを承認できないなら結婚する意味があまりなくなりますね。

三浦　二本の渓流があって、片方には水がチョロチョロしか流れてなくて、片方の水をもっぱら利用してるばっかりというんだったら、これはフェアでないというか、ベターハーフに対する対応ではない。

曽野　それと同時に言わなければいけないのは、こっちの水が六割で、こっちが四割だから、出すほうも六対四でやろう、となったら終わりだということです。こっちの沢に雨が降って、一方に降らないことって本当にあるんです。

私、土木の勉強をしたことがあるんですが、ある時、実際の川で出水があった。それで、そのあたりに一日に何ミリ降ったんですかって聞いたんです。そうしたら、土木屋さんたちがどの沢でしょうって聞くのね。私、そんな厳密なこと聞いてなかったのに。そのへんて言っても、沢によって違うんですって。この沢は何ミリ、この沢は何ミリと向こうの人は言うわけです。それぐらいはっきり違うんです。

でも、結婚というのは素人がするものですからね。いま私が言ったように、この沢は何ミリ、この沢は何ミリ、と明確に分けていくものではないんですよ。その日、貯水池に流れ込む雨は何ミリ降ったでいいんですよ。それを言えないとまた問題になってしまうんですね。

三浦　たとえば、専業主婦っていうのは、一文もお金は稼がないかもしれないけれども、日本の専業主婦は大きな顔をして貯水池から水を使ってますよね。自分でためたような顔をして。そして、亭主が小遣いとか酒代を使いすぎるって文句を言うでしょう。あれは、その意味でなかなかいい。アメリカみたいに、亭主が帰ってくると女房は、電気と電話の請求書が来たわよって言って、亭主が小切手にサインをして残していく、というよりも自然だと思う。

曽野　そういう家は、夫のいない隙《すき》に妻が長距離電話をかけまくるんですよ。私はそういうのをよく見たことがあります。要するに、自分が払わなきゃいいわけです。夫がいる時に長電話してると、お前、ニューヨークからカリフォルニアに何分かけたぞ、なんて言われる。だから、亭主のいない隙にそういうことになる。結果的に、商人が二人家にいるみたいなことになっちゃうんですね。だから、**丼《どんぶり》勘定のほうがずっと穏やかな人間らしさが残る**ような気がしますね。

三浦　愛情はあるがそれは一方だけとか、貞節はあるが一方だけ、ということの言い方自体がヨーロッパ的な個人主義的な考え方だと思う。稼いだ金、これはわかりますけれども、夫と妻の愛情はどちらがどれだけあるか、なんていうことは、決して計ることができない要素がある。

それを貯水池にため込んで、おたがいに量を気にしながらここから汲み上げていくという精神があればいいんじゃないでしょうか。そういう意味で、日本的なあいまいさのほうがいいような気がします。

4 「理想的な家庭」には愛がない？

◇この世に生まれるとは、居心地の悪い世界に生まれることだ。だからこそロマンスも生まれる。

——G・K・チェスタトン"Heretics"

曽野 この前半の言葉の意味を子どもに教えようとすると教育論になります。私はいつも書いているんですけど、この世の原形は惨憺《さんたん》たるところなんです。ただ、大まかな言い方ですけど私たちは幸いにも日本という法治国家で生まれて、水も食べものも電気もある世界にいるでしょう。

そうすると、電気と水のおかげで伝染病は防げる。ワクチンを打つと少なくともその病気だけはかからないで済む。それから、駆虫剤。いま私はダニエル・デフォーのペストの流行した時期の記録を読み返していますけど、私は発展途上の国々を周る機会が多いから、地球上にまだ蚤《のみ》に脚をさされる世界がどこに行ってもあることを実感してるんです。だけど、日本にいる限り、蚤にさされたって言っても、「どういうの、蚤って」と言われるようなものです。

ペストとか蚤を媒介とする病気には到底かからない。そういうかたちの消去法でいって、日本に住む私たちは、だんだん世の中が居心地の悪い世界だということを忘れてきましたね。

三浦　たとえば、エジプト学者の吉村作治さんみたいな苦労人だと、エキスペディション、調査旅行をする時に、どこどこに行くと米があるというと、一キロの米の中に含まれる石と泥を選《よ》り分けるのに何分かかるか、ということを考えるんですね。そういえば、私たちの子どもの頃の悪い米っていうのは石は入っているし、ネズミの糞は入っているし、穀象虫《こくぞうむし》は入っている。それを選り分けたものです。いまはもうそんな必要は全然なくて、それどころか、洗い上げて真空パックになったお米まであるけれど。

そういう外的な状況だけが居心地のいい悪いの条件ではなくて、人間関係だって、たとえ、最も親しい関係である親子だって、子どもにしてみたら親は自分の気持ちをわかってくれないし、親にしてみたら子どもは自分の期待に沿ってはくれないですよ。ですから、家庭そのものが居心地が悪いんですね。

時々私はデパートのショーウインドウを見ますが、そこではよく理想的なカップルとか、理想的な家庭を演出している。お父さんがゴルフクラブを磨いて、お母さんがきれいなサロンエプロンをかけて、テーブルにおいしそうな果物をセットして、男の子はトレーニングして、女の子はおもちゃを持って、という、お人形の世界があります。

だけど、あんなのは絵空事であって、すべての雲には銀色の裏がある。つまり、コインの表は王様がピカピカ光ってても、裏は日が当たってないんですよね。**この世は居心地が悪いのが当たり前なんだ。物質的な条件が揃ったりなんかすると、日本人はこの世は居心地はいいはずだと思いがちだけど……**。

曽野　ことに、最近の甘いお母さん。子ども部屋のことだって、私だったら威張って「息子の部屋は私たち親が買ったんです」なんて言うけれども、いまのお母さんはそんなはしたないことは言わないで、息子が「入るな！」って言えば入らないし、「おい、コーヒー持って来い」なんて言われて、お母さんが喫茶店のおねえさんみたいにコーヒーを持って来て、戸の外で渡すんですってね。友だちがいると親でも部屋の中に入れないから。昔のお母さんは中に入っていって「よく来てくれたわね」と言いながらチラリと相手の子どもの様子を見たものです。それは親の権利ですから。だけどいまは子どもに「おい、そこへ置いてけ」って言われるとその通りにするんですってね。

下宿のおばさんていうか、下宿屋と喫茶店がくっついたようなところにエアコン、鳴りものの機械付きでお子様がいらっしゃるわけです。

そういう空間を作るのを許しておくのは間違いなんでしょうね。この世には居心地の悪い世界もあることに敢然と私たちは耐えて、それを承認して生きていく。**居心地の悪い世界だから、そこに愛の必要性も生まれた**んですよ。

西部劇なんていうのは、インディアンが襲ってきたり、悪い人が来たりするわけでしょう。だから、村が一斉に戦ったり、一家が柵を作って、そこから入ってくるやつを撃ったりした。つまり、居心地の悪い世界にしか確かめられない連帯があったんです。
もちろん、私たちはペストにはかからないほうがいいし、エアコンがあったほうがいいけれども、**原則は居心地の悪い世界がこの世であって、それに耐える時に人間になるんだということを忘れてはいけない**んですね。

三浦　たとえば、遠藤周作のうちであった話です。息子の龍之介君が十二、三歳の頃、順子夫人が息子の部屋の掃除をした。これが大事なことなんですね。母が子どもの部屋を掃除する。そして、大変な写真を見つけてしまった。順子夫人は顔色を変えて遠藤氏のところへ行って「あなた！　あの子、こんな写真を」と金切声をあげたら、父親が「うん、よかったな、うちの息子はホモじゃなかった。それ俺によこせ」って。
これは正しいことです。しかし、順子夫人にとってみたら、息子がそういうのを持っているというのはショッキングなことですよね。龍之介は友だちから借りたかもしれないのに親父に召し上げられて、友だちになんて言い訳していいかわからない。このことで親子三人がすごく居心地が悪くなる可能性もあった。

だから、自分のあるがままを素直に出して、しかも受け入れてくれて、メシの間に石が入っていてジャリッということのないような和《なご》やかさができるんですね。そこからロマンスが生まれる。ロマンスが生まれるじゃなくて、この場合、ロマンチックな物語が書かれる、というふうに考えてもいいと思うんです。個人の生活の中では恋愛というようなものの中にそういう幻を描こうとするんですね。

曽野　よく私たちが言うんですけども、ドイツ語で「ザイン（sein）」と「ゾレン（sollen）」という言葉があるそうですね。ザインというのは「ある姿」、ゾレンというのは「あるべき姿」と言ってもいいのかしら。日本語になると同じように「ある」なんだけど、この二つの言葉について違いを確認していないといけない。

昔、私があるお金持ちの農家に行った時の話です。とにかくお金がいっぱいあって、お父さんは温泉に行くんです。そして、その当時の農村では奥さんは決して温泉になんか行かない。お父さんは今日も熱海の温泉に行っちゃった。そして、奥さんは歯が痛いのだけど、お金を使うから歯医者に行けない。そういう時代があったんです。

日本は一九四五年に第二次世界大戦に負けて以来民主主義だから、その当時すでに日本は民主主義ですというわけ。しかし現実には、民主主義と言ったって、あの奥さんは歯も治せない。人権って私はあまり使いたくない言葉ですけど、人権もないみたいなことがあるわね、って家で言っていた。

「日本は民主主義である」という言葉を、あるべき姿、ゾレンで言ってる。日本は民主主義である「べきです」が抜けているわけ。「日本は民主主義である。現実に民主主義が浸透しています」というのは嘘です。

ロマンスというのはゾレン、あるべきものであって、実際にはないもの。だから、この二つは両方ないと釣り合いがとれないんですよ。**私がいまの日本で一番貧困だと思うのは、いいことの反対は悪いこと、という考え方です。**

聖書にはぶどう畑の労働者という話がありまして、これはちょっと話が長くなるんですけれども、ある所にぶどう畑で働く、差配、労働力を集める人がいた。ぶどう畑というのは、ふだんはほとんど人手が要らないそうです。刈《か》り入れの時だけやたらに忙しい。その差配、手配師が村の広場に行って、人を雇うんですね。聖書の時代には時計なんかないんですけど、一応日の出が六時とすると、途中の十時頃に一回、まだ足りないから十二時、つまりお日様が真上にある時ですね、それからお日様が四五度ぐらいになった時にもう一回、日が沈む直前の五時ぐらいに一回、そういうふうに雇う。

最初の人には雇い主は一日一デナリ払うと約束しました。あとの十時、十二時、三時、五時に雇った人には約束しない。で、払う時になるとみんなじいっと差配の手許《てもと》を見てるわけです。聖書の話では、五時頃、一番後からやって来てたった一時間しか働かなかった人から、賃金を払い始めた。しかもその人たちは一デナリもらった。すると三時から来た人、十二時から来た人はいくらもらえるのか。ましてや朝一番から働いていた人は、五時から来た組に一デナリ払うんだったら、俺には少なくとも十デナリくれるかもしれない、と期待する。ところが、みんな一デナリなんです。

それで最初から働いていた人が文句を言うわけです。「自分は朝から一日中働いた。五時に来た人なんて一時間働いただけで一デナリもらう。不公平じゃありませんか」と。そうすると、ぶどう畑の人がこういう意味のことを言うんです。「私は同じようにしてやりたい。それは、妻子があって、一時間しか働かない人でも、食べる口が減ってるわけではないわけだから」と。労働に対して順当に払うというのも正しい論理なら、一人の人間が妻子を抱えて同じだけ要るから、少なくとも一日分の一デナリを払ってやりたいというのも正しい。**もう二千年前から、正しい論理の反対も正しい、というのを聖書は出している。**

いまの日本はもっと幼稚になったでしょう。正しいことの反対は間違いだと決めつける。ほんとはそんなことはないんですよ。

三浦　日本の憲法をいま日本語で教えているでしょう。あれは間違いなんです。原文は英語なんですから、英語で教えなきゃいけない。だから、ザインとゾレンというのは、簡単に言うと「言論の自由はこれを保障する」、つまり「フリーダム　オブ　スピーチ　イズ　ギャランティード」と受け身で書かれている。だから、この国にいて文化的な生活ができることもおそらく受け身になってるはずなんですよ。権利憲章のほとんどは受け身なんです。受け身っていうのは何かっていうと、政府が保障してくれるのでもなければ、雇い主が保障してくれるのでもない。主語、保障してくれる主体がない。つまり、そうされるべき筋合いだという理想を、ゾレンを述べているわけです。

その点、日本語の憲法で「言論の自由はこれを保障する」というと、政府が保障するんだと思って、でも、保障されてないじゃないか、これは政府の怠慢だという。これは間違いであって、政府も国民も一体になってそれを守っていくことを建前とするということなんですね。だから、憲法を日本語で教えるのは、基本的な間違いなんです。前文なんて、日本語で読むと、間違いとは言えないけれども、騙されやすい文章はいっぱいあるんですね。

そういうことは別にして、ロマンスというのは、そのような居心地の悪い世界の反作用として思い描く、かくあるべき世界。かくあるべき世界というものは、たった一人とは限らなくて、友だち、あるいは異性というものがあって、そこで同志とか恋人などの同じゾレンを分かち合う人間が出てくる。

これは居心地が悪い世界に対する対応のしかたが同じだと、生まれ育った環境その他が違っても、そこに同志が生まれるし、恋人が生まれると思うんですね。その意味で、男同士、同世代だったら友情ですし、異性の間だったら恋愛になる。男同士の友情の場合だとある程度以上、接触はしないですね。いくら親友でも、この頃のサッカーの選手みたいに抱きついたりなんかするのは、少なくとも我々の美学ではないですな。

曽野　それは違うのよ、南米に一度行ってごらんなさい、平気になります。私の友人の一人も、私が男同士で抱きつくのも挨拶だって言ったら、「ああ、気持ち悪い、ああ、気持ち悪い、いやらしいわねえ」と言っていたのが、一度南米に行ったら平気になってました。

三浦　日本の武道で、剣道か柔道どちらをやるかといわれれば、柔道は汗くさいやつとくんずほぐれつすることに嫌悪感が先立ってね。剣道は体が離れているからいいのです。
その点、異性、恋人っていうのは不思議だと思うのは、肉体的に接触することに嫌悪感を持たない。それはとても面白いと思う。だから、その意味では、友情よりも恋愛のほうがゾレン的な世界、無条件に一つになれるロマンティックなところがあるとは思いますね。

5　たがいの〝弱さ〟を許し合う生活

◇不幸な結婚の半数は、当事者の一方が憐憫《れんびん》の気持からする気になった結婚です。
――モンテルラン『女性への憐憫』

曽野　いまはあんまり、こんなのないでしょう。モンテルランの時代が古いんですね。ただ、戦争中の文学を読むと時々出てくるんですけど、負け戦で、結核で、靴は破れてて、食べものもなくて、そういう時に、病気になったりなんかして野戦病院に担ぎ込まれて、なんの希望もないような、たぶんもう死ぬだろうと思うような時に、看護婦が寝てやるのがあるのね。私、昔からあれはとってもわかるような気がしました。その場合は結婚するわけではないんだけれども、憐憫という部分では一緒でしょう。憐憫じゃなければ、このままこの人が死んでしまったら、この人の一生ってなんだったんだろうと思いませんものね。そしてまた、その時の看護婦にもなんにもないのね。戦地ですから家もない。その人にだけおいしいものをどんどん運んであげられるわけでもない。セックスだけしかないっていう話。

三浦　それから、スタインベックの『怒りの葡萄《ぶどう》』の終わりのほうで、オクラホマから来た移民たちは、約束の地の蜜流るる土地のはずのカリフォルニアに行って、しかし仕事がなくて飢えて、乳飲み子をかかえた女が、夫にも男の兄弟にも全部逃げられてしまって、鉄道の操車場の空いてる貨車に入って雨宿りをして、子どもに乳を飲ませて雨を見ている。と、その貨車の中に餓死寸前の中年男がいて、赤ん坊が乳を飲んでるのを見て、俺にも飲ませてくれ、と言う。それで、女が餓死寸前の中年の労働者に乳を含ませるところがあるのね。『怒りの葡萄』っていうのは、約束の土地の、イスラエル民族のユダの荒れ野からカナンの地に行く話の裏返しの話なんだけど、つまりそれは聖母だと思います。

乳を与えて、その中年男は死んでいくんだけど、憐れみと、最後のアガペというのは、非常に近いところがあって混同しちゃいけないんだけども、アガペ、つまり理性的な愛で結婚してはいけないんですね。
敵は愛さなきゃいけない。それは理性的な愛であって、友愛でも、肉欲でもない。理性的な愛で結婚した場合、人間である限り、相手の人間的な弱さをどこまで許しきれるか。

曽野　いま重大な問題なのですけど、結婚をするまでは、フィリアといわれる、好きであるという感情、好意の環流が成り立ち得る心情で結婚しなければならない。あるいはそれにエロスが加味されたものであることが多いですね。だけれども、結婚した後にアガペになるんですね、たぶん。アガペというのは深い意味はあるんですけど、一応理性の愛と訳しておきましょうか。
「ザイン」と「ゾレン」、「ある」と「あるべき」、好きであるというザインの愛ではなくて、こうあるべきだというゾレンの愛の面が出てくる。それがアガペです。エロスとフィリアというのは、愛なんていうもんじゃない。好きであることです。でも、アガペは本当の献身的な愛です。その三つのものが同時に混在するのが結婚ですね。アガペの部分は前面に出すと逆に結婚が不自由になってきますし、結婚後にアガペ、こうであるべきというものがないと、結婚生活の中での愛も信頼も、夫婦の間の人間的な発見も成長も育っていかないというのも本当なんですね。

三浦　つまり、エロスというのはかなりエゴイスティックなものであって、また遠藤周作の話になるけど、ある時、僕が「美女っていうのはいいなあ、俺は今度生まれ変わったら美人になって、男どもを手玉にとって楽に暮らす」って言ったら、遠藤が「おまえはアホやな、いくらトンカツが好きだって、自分がトンカツになったらしょうがない」って。美女に対する憧れっていうのは、それによって欲望を満たそうということであって、トンカツへの愛なんですね、エロスというのは。フィリアっていうのは、私と遠藤みたいに一緒にいてバカ話をしてると楽しい。あの人と一緒に時間を過ごせば、お茶漬け一杯でも楽しい生活を作れる、これがフィリア。結婚というのは、フィリアといくばくかのエロスなんです。

ただ楽しい相手も結婚してみたら不機嫌な時もあるし、そこでアガペ、理性の愛が出てくる。だから、相手が意地悪なことを言った、ツンケンした、ということで見損なった、といってやめるべきではない。自分に対してガミガミ、あるいはさんざん嫌みを言うのも、それにはこういう訳があるんだから受け入れて、それも彼が自分との生活を維持するための苦労の結果なんだと判断して、そういう彼を宥《なだ》めてやろうというのはアガペですね。

曽野　そして、**配偶者の身勝手な心理を理解するということは、**ただ理解し合うということではなくて、嫌な言葉だけど、人間とはどういうものか、**自分の中にもそういう要素があるんだなっていうことの確認**ですね。

自分のことだとよくわからないから、女房がヒステリーを起こした時に、あのばか！と思って見てると、ヒステリーとはどういうものか、なぜヒステリーを起こすのか、どうやったら鎮まるのかが確認できる。じゃあ、自分がヒステリーを起こした時にはどういうふうにやるか、ということにもなり得るんですね。

三浦　したがって、エロスとフィリアっていうのは、実人生であんまり役に立たないけれども、アガペっていうのは実に役に立つ。

6 こだわりを捨てればラクになる

◇何故世の多くの婦人たちには女は一度は必ず結婚すべきものだということに、結婚が女の唯一の生きる道だということに、すべての女は良妻たり、賢母たるべきものだということに、これが女の生活のすべてであるということにもっと根本的な疑問が起って来ないのでしょう。

――『平塚らいてう評論集』「世の婦人たちに」

曽野　私、これで平塚らいてうという人がどうして嫌いだかよくわかった。私はこんなふうに思ったこと一度もないし、私の母もなかったでしょう。うちの母は「いいよ、いっぺん結婚してみたかったらして、だめだったら早く帰っていらっしゃい」って言ったんです。いっぺん結婚してみれば、あんなものはたいしたことないってわかるから、帰ってておいでってことです。明治三十二年生まれですけれどね。これを見ると、平塚らいてうさん自らが保守的な普通の方なのね。私の母のほうがもっと人間的で自由だったと思います。

いまではそうではないかもしれないけれど、昭和二十年代において小説家になるということは、大変なことでした。悪い職業に就いたという言い方をすると差別語になりますから、いまの時代だったら何の職業に就いたようだと比喩していいかわかりませんが、親戚中が「あそこのうちは娘を小説家にするんだって」と、猛反対でした。それをうちの母は、「文学をやりたきゃやりなさい」と言ってくれた。父はちょっと保守的で、「そんなことしないでお嫁に行ったほうがいい」って言う人でしたけど、母はまったく違っていました。やってみて、その中からわかるのもいい、っていう姿勢でした。

三浦　平塚らいてうとか市川房枝さん、あの人たちのグループというのは、十九世紀的には進歩的なんだけど、二十世紀では完全に遅れてる人たちでしょう。平塚らいてうという人が非常にいい加減だと思うのは、彼女は年下の美術家と結婚して良妻賢母になっちゃったんですよ。とってもいい、早稲田の教授になった息子を育てましてね。だから、この言葉にあるような疑問を持って、それにうち勝ったのかもしれないけど、平塚らいてうというのは、こういうふうに全部こだわってたと思います。

曽野　こだわりは、一芸のためにはいいんですけど、生き方としては重苦しいんですね。だからいま、女も仕事を持つべきだという、そんな議論が一番くだらないと思う。仕事を持ったほうが合ってる女もいれば、家にいておいしいお赤飯を炊いたり、箱寿司をつくったり、アップリケをしたりして、その人がいることによってまわりが幸せになる女もいる。そういう人はそうでなければいけない。こんなもの、比べたらいけません。もともと疑ってましたよ。「根本的な疑問が起こって来ないのでしょう」って言うけど、女たちはもともと疑っていましたよ。

三浦　いまどき疑問を持たない人がいるとは思えない。むしろいまはパラドックスとして「疑問を持ってはならない」と言ったほうがはるかにいいですよ。

7　ばかなことほど大事

◇結婚というものは、男子の魅力がどうのこうのといったことよりは、男子の思慮分別の有る無しのほうが、ずっと大事な問題なのよ。

——マリヴォー『愛と偶然との戯れ』

三浦　アガペっていうのは、まさに思慮分別。

つまり、会社の同僚、自分の下役、あるいは上役は、欠点だらけの人間なんですね。しかし欠点だらけの人間でも一緒に仕事をして、ある成績を上げていかないといけない。欠点だらけの人間だからといってケンカしていては仕事がうまくいかないんですよ。だから、**欠点を通して、欠点をも受け入れられるような気持ち、それが理性の愛**ですよね。

大変皮肉なことなんだけど、それが一番よく鍛えられるのは結婚生活なんです。だからよく、男は結婚して子どもを持たないと会社でも役に立たない、というようなことを言いますけど。女房と子どもはそのテストケース、男を磨く砥石《といし》です。

曽野　息子が私に将棋の話を講義してくれた時の話。ある大変有名な棋士の方なんですけど、突然立ち上がって、対局相手が座っている反対側に行って自分の次の手を読んでみるんだ、というようなことを書いていらっしゃるんですって。相手はすごく嫌がるらしいですけどね。それを聞いて、「同じこと私やってるのよ」って笑ったんです。

別に名人と比べるわけじゃありませんけど、小説に困ると、原稿用紙を反対向きに置くんですよ。困っている自分の愚かさを「ばかね」という感じで見るわけ。そんなものこうすればいいんじゃないかとか、こんな書き方してるけど、そこのとこで頭が膠着《こうちゃく》してるから書けないんだよ、と思う時があります。だから、その棋士の方は、一種のルール違反というか、細かい心理を理解しないということなんだというけれど、私は同じことをやってるよ、って息子に言ったのです。

結婚もそうなんでしょう。相手が変なことをやるから、こっちから見てて「ばか」って思える。ばかという言葉は使っちゃいけないっていうけど、大事ですよ。ばかと思う時に発見するんですから、こういう言葉はうんと使うようにしなきゃいけない。しかし人前ではこういう言葉使いたくないじゃないですか。だから、黙って相手のばかを見てて、うん、と思うわけでしょう。一番いい、穏当な自分の育て方なんですよ。そうでないと、文革時代の中国みたいに告白しなきゃならないんですよ、みんなの中で、「私は悪うございました」って。誰でも言いたくないですよね。

だから、一番問題ない女房を、あるいは夫を、閉鎖された家庭の中でじっと見てて、ばかをやるなあって思ってる。それは穏やかな反応だから、いいんですよ。

8 他人が見ないところを見てくれる喜び

◇自分の中から憎しみを追い出したとき、夫の浮気は止みます。

——マーフィーの法則41『愛の許し』

『マーフィー愛の名言集』編著者マーフィー理論研究会（産能大学出版部）——以下同様

三浦　むしろこうではないと思う。憎しみを追い出した時ではなくて、自分が夫への関心を開発することができた時、夫の浮気は止むと思います。夫は女房から見捨てられている。女房からもはや男として扱われていない。尊敬する人格とは見なされていない。そういうような時に、外に自分の欲求不満を満たしてくれるような、お世辞を言ってくれるほうへ行ってしまう。お世辞を言ってくれるのはたいていプロの女性なんだけれども、お世辞だとは知りながら、酒の勢いでそのお世辞を信じようとしたりするものです。憎しみというより、夫への関心とか敬意とかを見出すことができた時、夫は浮気しなくなるんじゃないかな。

曽野　でも、だからといって女房が、息が詰まるほど夫のことを縛ろうとするのとは違う。それは関心ではなくて、自分の思うとおりにしようとしているだけ。

つまり、**人間を一番深くその人と結び付けるのは、その人が自分を正当に理解して評価してくれるっていう時**。なんとなくその人を好きになる。見えすいたお世辞を言われると腹が立つけれども、ほかの人が見ないようなことをその人が見つけてくれたという時、好きになるんだと思う。

三浦　僕はそのほうは大変不調法だからだめだけれども、非常に美しい、しかも有名な人を恋人にしている男は、「あなたは美人だけど、そんなものに頼ってちゃだめなんだよ」と言って信頼を得た。つまり、彼女は自分が美しいということを意識しているけれども、実はそのことについて不安があったということです。

9 本当の愛情は、日々の失敗の中に隠れている

◇料理をいい加減にしてはいけない。キスは長つづきしないが、料理はつづく。
——ジョージ・メレディス "The Ordeal of Richard Feverel"

三浦　これは大変よくわかるが、そのわりにイギリスの料理はまずいんだ。だから、これは言うこととすることとは別だということの証拠でもあるね。
ただ、料理をいい加減にしてはいけない、というけど、僕は朝、自分で食べるサラダを毎日毎日作るけれども、野菜の種類とか量とかその他によって毎日、塩加減が多かったり少なかったり、酢が強かったり弱かったり、油が強かったり弱かったり、その組み合わせは千差万別であって、毎日毎日が失敗なんですね。

しかし、ある意味では毎日毎日がその失敗のおかげで変化ができている。今日はどうなるかなという楽しみがある。

つまり、**いい加減にしないということは、毎日毎日それなりの手を尽くしてやれということで、必ず成功しようということではない**ということ。

曽野　大いに料理をやって、失敗してもいいということですね。むしろ、失敗があるからいいんじゃないですか。

私、フライドチキンとかインスタントラーメンとかカップヌードルを食べると感心するのね、あんまりよくできているので。言うことないほどのもの、ありますよね。

だけど、だから困るんじゃないかなという気がする。どこかのお宅でごちそうになると、時には辛すぎたり、甘すぎたりするけど、新鮮じゃないですか、それはそれなりに。ここのうちの奥さんは東北に育ったからこういうがっちりしたお惣菜の味で、それをおいしいごはんにのっけて食べてるんだなとか、それなりの人生の楽しさがふとかいま見える。だから、その偏りがむしろ楽しいんじゃないかと思う。

三浦　その点、プロっていうのは、たとえば、ラーメン屋さんでもいつ行っても同じ味を出しますよね。それがまさにプロというものであって、昨日と今日で味が違ったらもはやプロじゃない。たぶん、プロはその意味で必ずある標準的なサービスをしてくれると思う、男のプロであろうと女のプロであろうと。だけど、それはほんとのもんじゃないという気がする。

山本健吉さんはお父さんも文芸評論家だったけれども、この人は出身は長崎県なのに、金沢のことに大変詳しい方だった。

私が金沢に行って、金沢の料理がおいしいということをしきりに言ったら、彼はちょっと皮肉な顔をして「三浦君、しかしねえ、金沢の一番いいお料理っていうのは、ちゃんとした旧家の奥さんの手料理なんだよ」と言われた。それは本当なんで、**本当の愛情、本当のサービスというのは、プロじゃなくて、毎日毎日が失敗続きの素人の女房なのかもしれないい**んですね。

曽野　それにちょっとつけ加えると、金沢のほんとにおいしい家庭の手料理を作る奥さんというのは、昔は席に座らないものでした。お客様を招待した時、奥さんは台所に立ちっぱなし。そうでないと鴨の治部煮《じぶに》なんかを作っているのですけれど、それは鴨の切り身にちょっと赤い生《なま》のところ、生ともいえない、桜色のところを残さなきゃいけない。そういうのは誰もやれない。いまは知りませんけど、ついこの間までは。奥さんはお座りにならなかった。そこまでされると私なんかつらくなっちゃって、煮えすぎたり、生すぎたりしてもいいから、一緒に座って食べてくださらない？　って気持ちにもなりますけどね。これもちょっと大変。

三浦　いい加減にしてはいけない。だけど、プロは上の空でやってもある味が出せる。しかし、アマチュアっていうのは、ほんとに心を尽くさないとだめなんだろうね。あるいは一生懸命やっても、毎日毎日失敗なんだろうね。

曽野　その変化が面白いんでしょう。作ろうと思ってたら、そこに郵便屋さんが来て、治部煮のピンクがちょっと白くなっちゃったとか、毎日毎日そういう家庭の歴史みたいなものが味の中に入ってくる。だけど、板前さんは決して荷物をとりに玄関に出たりしませんから、そこは家庭とプロの違いがあって、家庭は家庭の面白さがある。そこをわかれということですね。

三浦　ホストもホステスさんも、化粧とか身なりとかは、プロの板前さんと同じで、絶対手抜きをしない、というか、それ以外のことはしないんだろうね。そういうのに騙されちゃいけないということね。

10 百人を幸せにするか、ひとりを幸せにするか

◇世間では驚嘆されながら、妻や召使から見れば、何一つすぐれたところのなかった人もいる。家中の者から称賛された人というのはほとんどない。

——モンテーニュ『エセー』（五）

曽野　ほとんどいないわけでもないと思うけれども、世間では大きな働きをしながら、家の者を幸福にしなかった人は多いですね。

それは人間の存在の価値というのは、たとえば、一つの会社を大きくして、製品を世界に売りまくって、その製品によって世界の人が幸福になった、ということも一つの仕事だけれども、私は同じように、**家の中に住む一人の妻と何人かの子どもを幸せにしたと**

いうことも偉大なことだと思うんですね。それは比べようのない偉大さであって、両方やれた人というのは必ずしも多くないと思います。

三浦　サミュエル・ピープスという、処刑されたチャールズ一世の子どものチャールズ二世を亡命先のフランスから連れ戻して王政復古を成し遂げた人物がいました。王政復古の宮廷において、貴族的でない、かといってブルジョア的でもない、その意味で非常に現実的な、繁栄したイギリスの原形を作った政治家及び英国海軍の創始者の一人ですが、その人が、一種の暗号で日記を残した。

十七世紀の人なんですが、その日記が十九世紀になって解読されてしまった。それを読むと、歴史的な偉大な人物が日常のことを細々《こまごま》と書いているんだけれど、なんとこの人はくだらない、アサハカな人間なんだろうと思う。その日記を見ると、妻や召使いからはばかにされたろうなあと思う。

たとえば、どんなことが書かれていたか。彼は実質的な海軍大臣の立場にいた。そして、その頃の規定では、陸上勤務の海軍士官というのは給料が半分になっている。だから、優れた人間のみが海上勤務につける。彼は、陸上勤務になっている艦長の奥さんに会って、その人が美人だったので、俺と寝てくれたらあんたの亭主に船をやる、と言って迫って関係してしまうんですね。それで約束を果たすんです。その後、町で彼女に会ったら、彼女は知らん顔をして通り過ぎたと書いてある。これはなんて悪いやつだと思う。

だけど、ネルソン提督などはこの男のことを、フランスに勝って、英国海軍の全盛期を作った時に、海軍を創始した恩人の一人として提督たちの連名で表彰している。もうその時は既に死んでますけどね。だから、世間では驚嘆されながらの実は普通の人！　しかし、普通の人だけど、ある異常な好奇心を持っていたんですね。

11 頭のいい夫婦喧嘩の勝ち方

◇夫婦間に生じた問題の解決を親戚や知人に相談してはいけません。必ず身びいきが生まれ、適切なアドバイスが得られないからです。

——マーフィーの法則46『夫婦の問題解決』

三浦　これは、半分本当で、半分は嘘なんだな。夫婦が喧嘩した時に、自分の親きょうだいと相談すると、それは「お前の配偶者が悪い、あんたが正しい」と言ってくれるに違いない。でも、その場合には相談してはいけない。

問題が起きた時に、相手が悪いとばかり思っているんだけれども、配偶者の親戚、知人は配偶者の立場に立っていろいろと私自身に対する批判を言ってくれたりする。それによって目が開かれるというか、配偶者に対する認識、配偶者が悪いと思っていたことを別の角度から捉え直すことができる。その場合、身びいきというものを逆に利用するならば、適切なアドバイスに転化することができると思うんですね。

曽野　もっと言うと、相談しても無理ですよね、夫婦の間のことっていうのは。聞くほうもなんて言っていいかわからない。また、聞くからには両方から聞かなきゃならないけれども、裁判官じゃないんだから、双方呼び出して聞くというほどの権限も有さない。そうすると、片側から聞いて、それは悪い、と言ってもしょうがないんです。

私は一人、家の中である問題が起きた時に、徹底して何も言わなかった男の人を知っていますけど、それは彼の勝ちだったような気がする。彼自身が性的な嫌がらせをしたとまで言われたのに、何ひとつ言わなかったんです。そういうほうが最終的には、あの人はよく耐えて弁解しなかった、という印象が残る。私なんかはその反対側で、全部対抗しようなんて思う浅はかなところがあるけれども、実際はあんまり言わないほうがいいと思う。夫婦間のことは誰にもわからないんだということを最初から決められたこととして承認して受け止める。そのほうが利口のような気がしますね。

12 結婚生活に持ち込んではいけない言葉

◇愛情にもとづく婚姻だけが道徳的であるのならば、同様にまた愛情がつづく婚姻だけが道徳的である。しかし、個人的性愛の激発の期間は、個人によって、とくに男性のばあいには、ひじょうに異なる。

――エンゲルス『家族・私有財産・国家の起源』

曽野　**私は道徳っていう言葉、怖くてあまり使えない。天に向かって唾《つば》する者になりそうですから。**それに道徳という言葉はどこか個性的でないような気がするんです。だから、道徳という単語はできるだけ口にしないようにしてます。他人を説得する時には便利な言葉ですけどね。自分が「心から道徳に到達した」という感じになれたことがないんです。

三浦　エンゲルスも、神を追い払うでしょう。神というものがないと、道徳みたいなものを言わないとまとまりがつかないわけです。たとえば、革命を考える場合、歴史的必然というようなことであれば、何もしなくてもそうなるのだから、何も命がけで革命運動をすることはないや、ということになる。なぜ革命運動をするかというと、それがつまり使命感とか道徳とかいうものが入ってくるからなんです。

だから、結婚にまで道徳というものを持ってくる。そこにエンゲルスの『家族・私有財産・国家の起源』の浅はかさがあるわけです。愛情と結婚と道徳というものを結び付ける。そうすると、結婚生活は道徳的でないといけないのか、といったら、そういうもんじゃないんだよね。だから、エンゲルスの結婚観というのは、観念的な、昔の旧制高校生の考える結婚観であって、現実からいくと全然だめだと思う。

13 夫婦という人格

◇結婚によって、夫と妻とは法律上一人格となる。

——ウィリアム・ブラックストーン『イギリス法注解』

三浦　たとえば、我が夫婦がある時、家を建てることがあって、彼女は父親から手に入れた土地に自分の住む家を作る。もちろん、結婚してるから私も、そして私たちの息子も住むわけです。で、お金がちょっと足りないので、夫である私の金を借りようとしたわけです。そうしたら、税務署がいちゃもんをつけた。だから、彼女は怒って「それでは家を建てるのに、よその男からお金を借りればいいんですか」って言ったことがある。

曽野　笑い話ね。税務署の方はそういうのを相手にしなきゃならないからかわいそうだった。自分の家を作るのには夫から借りるのが一番無難なわけでしょう。「ご主人からは借りないでください」っておっしゃるんです。それで私が「それじゃあ、よその男から借りろとおっしゃるのですか」と答えたわけです。その話をしたら、私のまわりの人はみんなげらげら笑いころげる。税務署も困り果てて「いえいえ、借りたら、はっきりとその額を通帳にお返しください」と言うので「そういうことですか、わかりました」って帰ってきました。いまもそうですけど、特に税務署のことはよくわからない。若い時だからそう言ったんですけれど。贈与になるのでしょうね。だから、百万円借りて、まあ利子のことまで言わないでしょうから、一年とかの間にその百万円を通帳上返しておけばいいということだったんですけどね。しかし、法務省、大蔵省（現・財務省）、国税庁、税務署ぐらいはっきりわかってるところないわね、法律上、人格は別だって。大したもんです。

三浦　ただ、結婚というのは、法律上単一人格となるべきなのに、戦後の日本の社会では、夫も妻もたがいに法律上、別人格なんです。少なくとも、物の面においてはそうです。だから、離婚も認められる。

この「夫と妻は法律上単一人格である」というのは古い考え方で、それがいいとか悪いとかいうことではないんだけれども、やはり私は、法的にも、どこか夫婦というものは同じ貯水池を維持して、ダムが壊れないように守って、その水をおたがいのために使えるようなシステムとなるべきだと思います。**結婚というのは、法律より古いもの**ですから、元来そういうものであったと思うんです。その意味では、宗教的な結婚「**神が結び給いしもの、人これを分かつべからず**」という「人分かつべからず」というのは、法律もこれを侵してはならないということで、このほうが私は結婚というものの本質を言っていると思うんですね。

法律上の結婚というものを突き詰めていくと、夫婦別姓もよろしい、同居する必要もない。そしてさらに結婚はセックスする時の一時間だけでよろしい、ということになってしまいますよ。だから、私はいまの日本の法律の行く末の中に、果たして結婚という形態がありうるんだろうか、援助交際以外のかたちの結婚生活はあり得るんだろうか、という気がします。

２章

「与える」幸せ、知っていますか

思い出っていうのは、常に未来への希望と恐れの反映なんです　（三浦）

夫婦の場合、年を取ってくるにしたがって、また面白くなりますね　（曽野）

1 ひとりを生きられるから、二人を楽しめる

◇男はしばしばひとりになりたいと思う、女もひとりになりたいと思う、そしてその二人が愛しあっているときは、そういう思いをたがいに嫉妬するものだ。

——ヘミングウェイ『武器よさらば』(下)

曽野 これは微妙で、ずっと考えていたんです。**男も女もしばしばひとりになりたいと思う**。愛がある時はそう思わないっていうけど、私は愛があってもそうじゃないかと思います。それはもう愛がなくなっているんだとは思いませんね。

私の友だちで、外国人と非常にすてきな結婚をしてる人がいて、ご主人様は外資系の会社で働いている。彼女から時々「ジェームスが何日から留守なのよ、遊ばない？」って弾

んだ声で電話がかかってくる。いいわね、ちょうどいい日だわ、って約束して、その日になって「ジェームス出掛けた？」と聞くと「出掛けた、出掛けた。会社からあなたをひとりにしておいて申し訳ないって赤いバラが届いたのよ、こっちは喜んでるのに」なんて言ってる。彼女は日本人ですからね。そういうのって、たぶんとっても日本的なんだろうけど、私にはよくわかりますね。二人に愛がないとは思わない。

三浦　イギリスのジェントルマンのクラブというのは男だけ、従業員も男だけ。そして、女性は配偶者すらクラブの建物の中に入ることを認めない。イギリスのパブリックスクールもそうで、つまり、男には男だけの世界に対する憧れがあるというんですね。

僕は旧制高校自体は好きじゃなかったけれども、あの世界のよさ、あるいは軍隊のよさっていうのは、見渡す限り女がいないことなんです。素っ裸になっていても別にどうってことはない。そこでなんらしきたりなどに顧慮することなく、自然に振舞い、殴り合いをし、議論することができた。そういう男だけの世界もいいものだと思うんです。それに気がついたのは、戦後、大学の二年生になって女性が入ってきた時。

初めは喜んだんですよ。でも女性が入ってくると、学生も先生も妙に偽善的になっちゃう。その前は、指名されて答えられないと、先生は「お前、どこの出身だ」「○○高校です」「そうか、何某に習ったやつか、あいつの弟子ならできなかろう」なんてこてんぱんにやっつけるんですね。あいつは俺と高等学校が一緒だとか、あるいは大学の同じ学科の同期生だという関係なんです。

曽野　それは、先生は本当にだめだと思ってるんじゃなくてね。彼の批評が相手に伝わる時のことを考えて言ってるわけよ。

三浦　仲間意識で、いじめじゃないんですよ。そういうふうな切磋琢磨《せっさたくま》があったんですね。ところが女性が来ると、先生も女子学生の前でええかっこしいになるし、男の学生も女の子の前であんまり恥をかきたくない。それで妙に未消化なものがあるんですね。

私は近頃のいじめっていうのは、共学だからじゃないか、本来、男の子はとっくみ合いで砂だらけになって殴り合って済むことが、女の子がいるためにできないでにこにこしている、それが陰湿なかたちで出てくるんじゃないか、という気がしないでもない。
この、男も女もしばしばひとりになりたいと思う、ということで言えば、日本人は夫婦単位じゃなくても、パラパラとどこでも行くけれど、欧米ではいつでもどこでも夫婦単位で行動する。その象徴がダブルベッド。

曽野　その話では大笑いなのね。ある時、南米のある国で日本人一世のご主人にお会いしました。日本の大学で勉強なさってからいらっしゃった。それで向こうの二世の奥さんと結婚した。だから、彼はどうしても日本人の頭があって、私をつかまえて「曽野さんのところはダブルベッドですか?」と聞かれるの。「とんでもない、うちなんか、私は寒がりで電気毛布が要るけど、相手は暑くてしょうがない。部屋の温度だって大変です」って言ったら、「そうでしょう、あんなものは寝返りをうっただけでも相手が目が覚める。あんなものはロクでもない」って。そして、そのお宅ではベッドは別にした。
ある日、奥さんがお友だちとバーゲンセールに行って戦利品を持ってそのお宅の寝室で着たり脱いだりを繰り返して、「ほら、こんなの」とかおたがいに見せたりして楽しむ。

その時にみんなに「お宅、ツインなの。離婚するんじゃない?」って言われたそうです。面白いことに、外国人はみなそうらしいのね。

知り合いの音楽家のご夫婦は、ドイツで暮らしているんですけれど、クリスマスの頃、ご主人が仕事で日本にお帰りになって、奥様とお子さんは向こうに残られる。そうすると「お宅、離婚するんじゃないの?」って言われるそうです。でも、離婚なんて全然あり得ない。

アメリカでは、ロケットが一発打ち上げられる間に百人離婚するって言われているそうです。夫がケープ・カナベラル(ケネディ宇宙センターがある地)かなんかに行きっきりになるからだという。ところが日本では、東大のロケット発射場(現・宇宙航空研究開発機構内之浦宇宙空間観測所)が鹿児島の内之浦にあるけれど、ロケットが一発上がる間に必ず一組は結婚するという。それくらい日本人はよくわかってて、自分の愛する人が離れて仕事をする時にもサポートしなけりゃいけないと思っている。

だから、夫でも妻でも、夜はよく寝られたほうがいいと思っているわけ。そういうところは違うわね。どっちがいいか悪いかはわかりませんけど。

三浦　ひとりになりたがる相手に対してたがいに嫉妬するものだ、というのは、たとえば、相手がしょっちゅうふらっといなくなる。それで、別にどこへ行くか聞きとがめるつもりはなくて「どこに行くの?」って言うと「ちょっと出てくる」って言う。それに対して、あたまに来るな、ほんとに！　って思う。だけど、出ていってくれたほうが気が楽で、うちでごそごそして、おい、あれないかとか、腰もんでくれとか言われるより、どんなにいいかわからない。嫉妬するかもしれないけど、ほんとはそれを乗り越えて、その自由さを味わうべきだと思うね。

僕は「起きて見つ寝て見つ蚊帳《かや》の広さかな」っていうのは、これは解放感であって、同じ蚊帳の中で二人で寝ていると「起きて見つ寝て見つ蚊帳の暑さかな」って。

曽野　ひとりだったらとたんに天国になるわけね。ほんとに暑かったですよ、昔は。人がひとりあの中にいるだけで。それが減ればずっと涼しいわね。

どこかにひとりで置いていったら、すぐに愛がないとかなんとかって思わないほうが、私はなんとなく高級な感じがしますけどね。高級、低級はあまり言っちゃいけないけど。

2 冷めてもなお、壊れがたい関係

◇夫婦の仲はあまりつづけて一緒にいると、冷めやすいし、くっついてばかりいると損なわれやすい。知らない女性はどれも愛想がよく見える。

――モンテーニュ『エセー』(五)

曽野 私たちの知り合いでまだ若いくせに、当時、すごく醒《さ》めたことを言う男の人がいて、「女房というものはブスがよろしゅうございます」と言うんです。その時、まだ三十代かそこらですよ。「女房がブスであればこそ、外に行って世の中の女の人がきれいで幸せなんですから」と言う。だけど、ブスだから女房を冷遇するとか、つまらないと思うということではないんですよ。

たとえば、ほんとに彼の言うようにブスだとしても、ブスはブスでも、その人のなんともいえない良さがあるから夫婦というのはつながっているわけでしょう。

夫婦は絶えず新鮮であるべきだ、という言葉があって、それは重要なことですね。一緒にばかりいると刺激を感じなくなるし、二人で作っている世界もどんどん狭くなる。ただ、私は、この後に**「離れてばかりいるとわからなくなる」**というのも入れたほうがいいような気がする。

三浦　僕は、この言葉の中心は、知らない女性はどれも愛想がよく見える、というところにあると思うんだね。知らない女性というのは、ほんとに愛想がよく見えるというか、女房って実に無愛想なものですよ。何か言っても返事しないし、ほかのことやってるし。

その点、知らない女性というのはすべての男性に対して、この人はお尻をなでやしないかということを含めて、ある身構えをしてるから、何か行動に出ればすぐ反応を示してくる。

それを男は、この女性は愛想がいい、自分を異性として認識してくれる、なんて勝手に思い上がってしまう。
　女性のほうはどうか知らないけれども、つまり、ほとんどの浮気というのは、そういう思い違いから出てくるのであって、愛想よく見えた知らなかった女性も、よく知るようになったら、女房、あるいはそれ以上に無愛想になる。一緒にいると冷めやすく、くっついてばかりいると損われやすいのは、女房よりもそういう人たちかもしれない。そのことについての警告を発してるような気がするんだな。知らない女性はどれも愛想よく見える、これはある意味で当たり前のことですね。

曽野　これは少し受け身なことになりますけど、次男の嫁の立場と同じね。長男夫婦と住んでいれば、長男の嫁はずうっと責任を持って義母を見ているんですから、そんなに愛想よくもできないわけ。姑が何か言っても「そこにあるでしょ」なんて言うようになるのよ。
　そこに、たまに次男の嫁が来て「お母様お元気でらっしゃいますか、この間お風邪の時心配いたしました」と言って、おいしいものを持って来て、三時間ぐらい愛想を振りまいて帰っていくわけでしょう。
ほんとに次男の嫁はよくできていて、と言うけど、次男の嫁は決してその親を引き受けないわけですよ。そういうことを見抜くだけの賢さは要りますね。**一番大変なことをしているのは、その人を引き受けて捨てないということ**ですからね、姑の場合でも、夫の場合でも。

三浦　一番大切なのは、冷めやすいし、損われやすいというけれども、**冷めて損われても、なお壊れがたい関係というものが結婚というものだと思う**。つまり、ともに相手に対してばかりではなくて、さまざまなものに対して責任を分かち合ってしまうから。

3 「自覚がない」人の不幸

◇サラは不倫をしながら自分の罪に涙をながし、ふたつを同時に楽しむことができた。

――ジョイス・ケアリ"Horse's Mouth"

曽野　不倫というのは、はっきり言うと傍《はた》迷惑な話です。現実問題をどうするか、いろいろ解決しなきゃならないから。だけど、自覚すればまだいい。いまの時代の薄っぺらさと悲しさっていうのは「自覚がない」ことなんですよ。人間らしいというのは、道徳的に自覚することなんでしょうね。

以前、テレビである女性の芸能人が言ってたのね。「万引なんてみんなしてるじゃない」って。万引することはいいことじゃないけれど、たとえば、うちにお金がない時に、子どもが万引しちゃうということがあるかもしれない。ただ、そこに、これは悪いことなんだという強烈な自覚がある限り、それは人間的なんですよ。だけど「万引なんてみんなしてるわよ」って言ったら、じゃあ、どうして商業を成り立たせるんですか。そういうでたらめを言うことが現在の薄汚さなんです。

人間はみんな悪いこともするし、間違ったこともする。ただそれを意識して、そこに対する一つの歯止めがかかった時に、それは人間の行為として燦然《さんぜん》と輝くとはいわないけれども、立派に人間的なんです。それがないから困るので、サラは不倫をしたことを自覚してるのね。楽しんだかどうかは疑問ですけど。

三浦　思い出の意味は未来を見る視点を与えられること。ただ、すべての思い出がそうかというと「思い出に淫《いん》する」というのがある。つまり、未来がないために、過去の中に逃げ込もうとする。いまはホームレスになってしまった人で「俺だって昔は若いのを十人、十五人使っていっぱしの顔だったんだ」というようなことを言う人がいる。未来から逃避するために、ゼロの未来を意味づけるために過去を無限大に拡大させようとする。そういうことがある。
つまり、それが「万引なんて、現代っ子は誰もがやってるじゃない」という意味で万引を肯定するような、自己への甘やかしがあると思うのね。万引をしていい、というと変だけども、万引が意味があるとするならば、それによって罪の脅えを意識するならば、そして、よりよい人間にならなければならない、という自分への鞭《むち》がそこから芽生えるのならば、万引はいけないことでも、それなりの意味がある。

曽野　それを言うならば、O《オー》 Felix《フェリックス》 Culpa《クルパ》!「**おお、幸いなる罪よ**」という、すごい言葉があるんですよ。これはすごいでしょう。こういう思いがなかったら、罪なんて薄汚いものです。
我々はすべてのことをとことん意識しなきゃいけないんです。つらいことですけど。

三浦　だけど、近代精神というのは非常に困ったものであって、たとえば、フランスの近代文学は不倫の話にみちみちている。

中世の物語だと、不倫は単なる罪だったわけだけれども、近代の人間というのは、罪の中に甘い香りをかいでしまった。

だけど、それを突き詰めていくと、秩序に対する反対ではなくて、単なる動物的な欲望の満足になっていくのだろう。だから、この言葉はわりと高級なことではなくて、自分の罪に涙を流しながら、同時にふたつを楽しむことができた。不倫のアバンチュールを楽しみながら、同時に罪に涙を流したというんだから罪深いね。これは、キリスト教だけとはいわないけれども、宗教的な体験がないとできにくい境地だろうと思う。単なる皮肉とか、アイロニカルな心境ではないね。

4 愛を言葉で示す代わりに……

◇愛も信仰も同じように、日々のささやかな勤行《ごんぎょう》によって維持される。
――ローデンバック『死都ブリュージュ』

三浦　信仰というと、神信心《かみしんじん》みたいな、せっせと教会に行ったり、お寺さんにお参りしたり、お百度参りしたり、願をかけてなんとか断ちをしたり、というようなことを思うけど、ほんとはそういうことよりも、生活の隅々のところで、仏でも神でも、要するに絶対者に対する畏怖《いふ》とか謙虚さがあればいいわけです。つまり、日々のささやかな勤行という、これは南無阿弥陀仏とか、神に祈るとかいうことではなくて、私としては、ささやかな毎日の些細な行動の中にあるかな。

ただ、欧米人と我々の違いというのは、勤行と同じように、神に祈るのと同じようなかたちで、彼らは奥さんに絶えず、愛してるよ、愛してるよ、と繰り返す、というようなところがあるんだけれども、日本人の趣味としては、**日常の些細な行動の中に、絶対者へのおそれと謙虚さがあれば、日常の些細な言葉とか行動の端々に配偶者への配慮があれば、それで信仰は維持される**。

つまり、日本の男はとくに照れくさがり屋だから、愛してると言うとか、結婚記念日にいい服を作ってあげて、立派なところで食事をするとか、そういうことは不得手なんですね。だけど、毎日の隅々のところでそういうようなものがあれば、維持されるというか、それが本当の愛というか、結婚とか信仰とかいうものだという気がするんだけど。

曽野　『新約聖書』の「コリント人への第一の手紙」の十三章に、愛とはいかなるものか、というのをたった十行で書いてある。それは聖パウロという人の手紙なんですが、その中に「**愛は無作法をしない**」というのがあるんです。この言葉を知った時、目からウロコが落ちる思いがしました。

私なんか、家の中では無作法でいいや、と思ってだいたいやってるんですね。朝起きたてなんか、頭はざんばら髪でいて、家族にもサービス悪いですしね。お茶いれてあげないわけじゃないけど、「自分でいれたら？」みたいな気分も濃厚にあります。でも、愛は無作法をなさずという、ちょっと日本人には考えつかないような考え方があるんですね。

日本人は家に帰ってきたら、お父さんはステテコ一枚で、お母さんもスッピンでざんばら髪でいりゃいいんだ、家の中だけくらいは気を許していい、という空気、庶民生活にはありますね。気を許すのも必要なんですけれども「無作法をなさず」という意味は、荒い言葉をかけたり、喧嘩腰でものを言ったりしてはいけないということなんです。私なんか時々、こっそり足使って襖《ふすま》を開けることあるんですけど、できたら、普通の見苦しくない行動をとるということですね。

そういう礼儀の持続ということがわりと大事なんでしょうね。

三浦　作家の近藤啓太郎は奥さんをとても愛していて、亡くなられた時に大変なショックであったと。奥さんがお元気な間は放蕩《ほうとう》の限りを尽くした。慣用句的に言うとまさにそういうことになる。奥さんはミス千葉になられた方で、きれいなんだけど、かつ大変健康的で、近藤より早く亡くなるなんて思えない方で、彼みたいなへなへなの痩せっぽちよりもはるかに体力も腕力もあった。

しかし、彼は亭主関白だから、ある時、部屋の真ん中に大きな顔をして寝そべって新聞を読んでいた。奥さんは部屋の隅から、明るいところにミシンを運ぼうとしていた。そういうことがわかっているんだから、退くとか、手伝うとかしてくれればいいのにと内心苦々しく思ったのか、あるいは近藤啓太郎がその前の日か前々日かに奥さんを裏切ったことについて腹にすえかねるところがあったのか、奥さんはその重い脚のついたミシンをよいしょと持ち上げて、そのまままっすぐ部屋を横切って大の字になっている近藤の上をまたいでいった。

近藤啓太郎はもしこれで女房がどかんとミシンを落としたら大変なことになるなとは思ったけれども、じっとさあらぬ体《てい》で新聞を読み続けていた、というのね。とても彼ら夫婦らしい、愛情と信頼の感じられる話。その話を聞くと、美しい夫婦だなと思う。無作法うんぬんというのは、かたちの上で、朝起きたら三つ指ついて「旦那様、お目覚めなさいませ」ということではなくてね。これはかたちの上では無作法なんだけれども、きちんと論理が通ってるわけ。

奥さんがそうやってミシンを持って近藤啓太郎をまたいで行くというのは、かたちの上では無作法だけれども、亭主に危害を加えるとかそういうことでは全然なくて、そういうかたちで彼をたしなめる。それはきちんとした彼女なりのマナーにしたがっているという感じがする。そして、少し怖いな、と思いながら、じっと不安に耐えているのも、女房からたしなめられた亭主というもののあり方だと思う。

だから、無作法というのは、決してかたちの上ではなくて、むしろその夫婦がそれぞれのかたちで作っていくマナーなんだという気がする。僕は、ミシンを持って近藤啓太郎をまたいでいった奥さんも、怖いと思いながら知らん顔をして新聞を読み続けた啓太郎も、とても好きなんだな。たとえば、そういったことも、日々のささやかな勤行の中に入るんだ、たぶん。

曽野　私は一番の無作法は浮気だと思う、ひとことで言うと。これは何も常にずうっと夫を好きでいるべきだ、なんていう道徳を売ろうと思っているんじゃありません。夫と結婚してみたけれど、どうも夫よりもすてきな人がいっぱいいるらしいと思うことだってあるはずなんですね。そうしたら、離婚して出直したほうがいい。表向き夫婦というかたちをとって、世間体だけとりつくろって、かげで浮気の美酒に酔うという、そういう嘘つきが私はわりと好きじゃないんです。

私の友人で離婚した人がいて、「あなた、結婚したら」と言ったら「とんでもない。二度と結婚なんてしないわよ。だって私、お友だちがいっぱいいるんですもの」と言うわけ。別にセックスのお友だちじゃないんです。この人とオペラに行くと楽しい、この人とごはんを食べると倍おいしくなる、この人とスキーに行くと教えてくれる、という人がいっぱいいるんです。それでいいわけですよ、ひとりものなんですからね。だから、公然と多数の男性と付き合いたいんだったら、離婚してその生き方を楽しめばいいのであって、かげでこそこそやるのは好きになれない。

5「人を許せる」人間の持つ輝き

◇妊娠中に夫に逃げられた女性が、夫を心から許す祈りを捧げたところ、まもなくもっとすばらしい男性から求婚されました。

――マーフィーの法則48『愛の牽引力』

曽野　これは含みの多い面白いお話ですね。こういう話はいまの日本ではとっても受け入れられないんですね。西欧、キリスト教社会には本当に嘘みたいにある話です。いまの日本の社会では、こういうことを言うのをとっても恥ずかしがるわけですね。いい人が出てくるの？　とか、いい人が幸福になるの？　とか。

そこは私もよくわかるんですけど、これはそういう意味ではなくて、妊娠中、夫の子どもを産むという重大な時期のことです。妊娠という意味もわからないで、その後に来《きた》る親としての人生の、重みを持つ時代を想定することもできなかったような夫がいて、その夫からひどい仕打ちを受けるわけでしょう。ですけれども、それに対して恨むんじゃなくて、どんなマイナスのこともプラスにならないかなって、これは意識的に考えるといったら、いやらしくなるんですけど、むしろ本能的に考えるものだと私は思う。許すというのは、人生でどれほどむずかしいことか。

私は前に書いたことがあるんですが、一九三六年のスペインの内乱の時に、一人のスペイン人がいて、その時は子どもだった。お父さんが市民戦争で殺されたんですね。その子のお母さんはカトリックでたくさんの子どもを女手ひとつで育てることになった。つらい運命の変化ですよね。愛する夫を失って、子どもたちの責任は、全部自分の上にのしかかってきた。けれど、そのお母さんは子どもだった彼に言ったんですって。「**私たちはお父様を殺した人を許すということを最大の仕事にしなければならない**」と。すごいでしょう。

これも、それに近いものを経てきた女性の話ですよ。その時に人間の輝きが出てくる。

そこのところがわからないと、夫以外の男性じゃなくて、夫が戻ってくる、というだけの話かなと思ってしまって、眼鏡をかけてなかったら、まもなく夫が帰ってきました、と読んじゃうところでした。

三浦　結婚して、その男に捨てられた。その男を恨んでいる限り、彼女はその夫を愛してる。だけど、許した時、彼女はその男と完全に切り離されてるわけです。だから、そのような彼女と知り合った男というのは、彼女の過去の男をまったく気にする必要はないんです。過去の男というのは、たとえ暗闇でその女をレイプしたというようなことであったとして、それは彼女にとって痛ましいことかもしれないけど、彼女がそれから立ち直ったら、そのようなかたちの性的な体験は新しい関係を結ぶ上になんのマイナスにもならないんです。

過去の間違った恋愛体験、あるいは結婚の体験を超越した人というのは、ニューボーン、新しく生まれた人なんです。だから、そういう人は魅力的だと思います。

曽野　レイプの場合はずいぶんいろいろケースがあって、レイプされた人でないとその苦しみはわからないと思うけれども、少なくとも、一般的に言えることはレイプというものはまったくその人と関係ないということです。レイプというものを許せというんじゃないですし、関係ないと思えない理由もわかります。

でもあえて、レイプはまったくその人をおとしめていない、という言葉を贈ってあげたい。そして、周囲も事件はその人の人格とは無関係なんだという信念を持っていたら、その人はニューボーン、新しく生まれた人になり得る。

だからこそ、私は、レイプはできるだけ深刻に考えてほしくないと思う。その場合、それでエイズを移された、なんていうと決定的に悲劇ですけれど。レイプした男を許してはいけないけれども、女の人がレイプによって深く傷つくことがないように、強い女性になってほしいですね。

三浦　というよりも、たとえば、処女性というものが女性の最大の価値であったという時代の名残りがあるだけなんだ。妙な言い方だけど、これは男がバーの帰りに酔っ払っていて、与太者に殴られて持ち金全部とられちゃったというのと同質のものなんですよ。

それから、もう一つ、僕は遠藤周作が好きで、彼の言葉を始終思い起こすんですけど、彼が若い頃に言ったこと。「俺にブスのいとこがおって、こんなのは嫁に行き手がないやろな」と思って、会うたびに「ボーイフレンドできたか、できへんやろな」とからかっていた。ある時「ボーイフレンドできたか、できへんやろ」言うたら、「結婚します！」「えぇっ、お前のようなのが好きな男がよう世の中におったなあ」って言ったら、つまり修道院に行きよったって。イエス様なわけだ、相手は。

6 いつまでも〝未知数〟があるから面白い

◇妻は良夫《おっと》に対して、常に精神的にも肉体的にもある未知数を持ってほしいと思う。

――菊池　寛

曽野　これはなかなか含蓄のあるいい言葉ですね。人生はすべてリアクションなんですよ。だから、いろんなリアクションがあった時に、思いがけない顔を見せる。人が厳しい旅とか冒険とかを望むというのは、妻でも、同行者でもいいんですけど、その人の新たな面を見出すことがありますものね。

私なんか少し厳しい旅をしたいと思うのは、自分が自分を見たいから。たとえば、自分では大丈夫だ、なんて思っていても、すごい暑さになって三日もお風呂に入らなければ相当イライラして同行者に当たったりしかねない。考えるのもだめだし、人が何か言っても、どうぞ、勝手にしてください、という調子になる。立派な返事ができればそれはまたいい気分ですけど、大体悪いほうに出る。未知数を見るというのは面白い。

三浦　ピーター・パンは朝、妖精の国の外へ行って帰ってくると、何にもしなかったくせに、大冒険をしたかのようなホラを吹くことがある。そうかと思うと、着てるものはずたずた、体じゅう傷だらけになってるのに、今日は別に何もなかった、と言うこともある。こういうところが、精神的にも肉体的にも、夫が持つべき未知数なんじゃないかな。

夫が妻に見せる顔は妻をだますつもりではないけれど、決して掛け値なしの男の姿そのものなんて絶対表現できないわけなんで、仕事がつらい時でも、いや、別に、というふうに言うこともあるし、あるいは、なんでもないのに、俺のアイデアがうまく通って会社もこれでだいぶ変わるぞ、なんて言ってみたりする。**未知数っていうと変だけど、そういう微笑ましさを男はいつまでも持ってるべき**なんじゃないかな。

曽野　そしてまた、**夫婦の場合、年を取ってくるにしたがって、また面白くなりますね。**若い時の女房っていうのは決してこういうことは言わなかったろうとか。それはいい意味でも悪い意味でもいいんです。だんだん年を取ってこういう時にちょっと夫がさぼるようになったとか、なんでもいいんだけれど、そういうものは一緒に長く暮らしていて初めて見出される変化で、その時に、夫婦を超えて、人生全体に関することとか、生涯とは何であるかということを見てくるわけだから、その意味の面白さはありますね。

三浦　精神的にも肉体的にも未知数、というのは合わせて一つになっていることがあって、たとえば、僕は四十代で太りだしたものだから、四十代の終わりから一生懸命トレーニング、ジョギングや水泳をするようになった。冬の朝早く十キロ走って帰ってきて、鏡の前で裸になって「うん、まだターザンの役をやれる!」と言ったら、配偶者はばかな、という顔をしてたけど、それもやはり肉体的、精神的な未知数じゃないかと思う。別の言い方をすると、子どもっぽさかな。子どもっていうのは未知数ですから。

7 夫婦の会話が続く秘訣

◇長い年月いっしょに暮らしていながら、彼は妻のことを何も知らず、いまとなっては、とうに訊くべきだったことを訊くにも手遅れだった。

——アニータ・ブルックナー『Latecomers』

◇同じ人間仲間に対する最悪の罪は、憎悪ではなく無関心である。これこそ人間性を棄てることにほかならない。

——バーナード・ショー『The Devil's Disciple』

曽野 こういう人っていますね。どうして一緒にいる人間を面白いと思わないんだろうと思う人。

結婚してよかったとすれば、私は男のきょうだいがありませんでしたから、男の人というのがどういうことに興味を持って、どういう点で優れていて、どういう点で幼稚なのかということを全部知らないわけです。夫と息子がいると、二人とも全然女と違う人生を生きている。

たとえば、うちの息子というのは、ある年齢になると、父親と同じところに映画を観に行くのに、別々に電車に乗って、切符は父親に買わせるのかもしれませんけど、別々に座って、離れた席で同じ映画を観て、帰りぐらい一緒にしゃべりたいので帰ってくるらしいんですね。仲が悪いわけじゃないの。笑ってるわけですよ。息子は自分一人で行きたいって言いながら、「親父さん、ヤクザ映画を観ると、出てくる人がみんなヤクザ風の歩き方をして出てくるんだよな」とか言って、ほんとかどうか知らないけれど、そんなようなことを言って帰ってくる。実に女と違ってるんです。

そういうものを発見することが私にとって一番手近な面白さであって、それはお金もかからなければ、わざわざそのために時間を費やすということもないんですけど、食事の前に「今日は太郎と同じ映画に行ったんだけど、別々の電車で、別々の席で観た」とクスクス笑ってる。そういうことだろうと思うんですね。

それでもなお、息子はある程度親に隠し事をするのは当然ですし、夫だって、面倒くさいからとことん女房に説明するのも嫌だということもあると思う。けれども、**知るということの面白さがない人っていうのは、妻との結婚生活がうまくいかないだけじゃなく、たぶん世の中のこともうまくいかない**と思う。会社のこととか、スポーツクラブでの人間関係とかにしても。

三浦　夫婦の会話がなくなることの一つは、専業主婦と稼ぎ手の男の場合、男が仕事の話をしても女房にはどうせわからないと思うこと。また、女房が話す生活の上の、団地の隣りの奥さんが今日こんなことを言ったとか、したとかいうことに夫は興味を示さない。そういうことのために、夫は夫の世界、妻は妻の世界に閉じ籠《こ》もってしまって、おたがいに関係なくなってしまう。だけれども、これは両方の怠慢というか、両方の愚かさの結果であって、夫は、妻のやっていること、生活、あるいは、妻のまわりにいる人間たちを面白がらなきゃいけない。そして、妻も、夫がやっていること、夫の世界に興味をもたなきゃいけない。それがないと、ほんとに会話がなくなってしまう。

それから、もう一つは、自分の疑いとか、自分の心の中にあるものを話し合う場とか、機会をもっと作るべきだと思う。

村上兵衛《ひょうえ》という、生粋《きっすい》の軍人がいて、幼年学校から士官学校へ行って連隊旗手になって、戦争に負けた時は、士官学校の区隊長という、士官学校の教官みたいなことをしていた。その人が、我々の文学の同人雑誌の仲間になった。彼がある時、こういうことを言ったんですね。

幼年学校や士官学校の仲間は、何年かベッドを並べて、顔もよく知ってるし、声もよく知ってる。そして、こいつは数学ができるとか、体力があるとか、演習のこういうことに優れているということはわかる。しかし、精神の中身についてはいまにして思うと何もわかっていなかった。そんなことを言った。

彼は我々の文学の仲間に入って、一緒に勝負事をしたり、酒を飲んだりしながら埒《らち》もないことをしゃべったりしていて、おたがい同士、なんと心の隅々までわかり合おうとしてるかということに気がついて、軍人としての訓練を受けていた時代は、同じ生活、同じ教育を分かち合いながら、心の中をたがいに知らずに、鎧《よろい》を着たような状態で大人になってしまったことを後悔したのじゃないかと思う。

これは、異性の間にも言えることで、初めて知り合う頃は、男も女もそれぞれ恐怖心があるから、自分の内面なんてなかなか見せないと思う。しかし、ある時期、たとえば、結婚などしたとなれば、それから後は、愚かなことであろうと、くだらないことであろうと、心の中を広げるべきだし、そして、そのようなことを打ち明けられたことを光栄に思って、相手のくだらない打ち明け話に共感と情熱と好奇心を持つべきだと思う。

曽野 その相手は妻だけじゃないでしょう。世の中には二つの楽しみ方があって、しゃべる楽しみと聞く楽しみがあると思う。女はおしゃべりするのも楽しいけれど、私は自分の知らないことを聞く楽しみって、ずいぶんありますね。昔ボーイフレンドがわりに多いほうだったのですけれど、そのボーイフレンドが結婚してもずっと付き合いがあるんですよ。いまでも覚えてますけど、そのボーイフレンドの一人が、新種保険をやっていた。もとはマリーン、海上保険だけだったのが、火災保険、飛行機保険、自動車保険、などという新種保険をやっていたんです。

その方がうちに遊びに来て真剣に話したことがある。羽田飛行場にA、B、C、三つの滑走路があって、C滑走路は駐機場になってて六、七十機の飛行機が駐機してる。彼は保険屋さんですから「僕ね、いまほんとに心配でしょうがないのは、もしどこかの飛行機が間違ってC滑走路に降りたら何十機か全部ひっかける。そうなったら悪夢だ」って。

ほんとは私たちも頬を引きつらせなきゃいけないのに、我々は笑いころげて「秀才というものはなんて心配の種が尽きないんだろう、ご苦労さん」なんて、態度が悪いんですけれどそういう話を聞かせてもらうと、ずっと忘れないほど面白いのね。そういうことを考えている人がいてくれるということに、心のどこかで感謝しているし、その方がいなかったら、C滑走路に万が一にも飛行機が降りるということに対する予防策だってできないですよね。ですから、私は損害保険にはなんの関係もない、ど素人もいいとこですけど、それでもある人が、こんなふうに自分のことを語ってくれるということは、実にありがたいんです。

それと同時に、夫が家に帰ってくると女房が、隣りの洗濯物が落ちてきたの、うちの柿の木が外に出てて隣りの奥さんに悪口を言われたの、アパートの上の部屋で飼っちゃいけない犬がキャンキャン言ってうるさいの、いろいろな人生の雑音を聞かせる。

それを、犬が鳴いたから上の部屋のやつを殺してやろうと思うよりは、ひそかに飼っているというのはどういうことかな、というふうにしみじみ思いめぐらせて倍の楽しみをする。もし自分がこっそり犬を飼うにはどうするだろうとか。私はそういうほうが絶対楽しいような気がするんです。

そうすると、女房のつまらないようなおしゃべりだって、会社の問題と同じくらいの重さを持った人生だと思いますので、おたがいそういうことをしゃべっていると、妻のことを知らなかったということにはならないと思うし、夫のことを知らないということにもならないだろうと思いますね。

8 〝くだらないこと〟をたくさん聴こう

◇女のいうことはくだらねえ、けんど、そいつを聴かねえ男は正気でねえ。
――セルバンテス『ドン・キホーテ』続編（一）

曽野　私が言うと、「女のいうことはくだらねえ、けんど、そいつを聴かねえ男は正気でねえ」じゃなくて、「大人気《おとなげ》がねえ」かな。つまり、**人間には余裕というものがほしい。上等な話ばかり聴きたがるのは、幼稚な優等生で、秀才ほど誰の話でも聴く**もんです。

若い頃、ニューデリーに行った時に、いろんな特派員がおられたけど、その中の一人が、新聞記者としても優秀な人で、人間的にもとても素敵な人でした。

ニューデリーには孔雀の羽根とか、くだらないおもちゃとかを持ってくる物売りが入れ替わり立ち替わりベルを押してやってくるんです。知識の部分では、特派員ていうのは、大学を出て、語学もできる優秀な人でしょう。その人が、やっとカタコトの英語をしゃべるようなおじさんを、「カムイン、カムイン」と引き入れて、くだらない世間話をする。その光景は、ああ、この人はとても優秀な特派員なんだな、と思わせるものでした。つまり、くだらないことをたくさん聴くことによって、ある偉大な真理を見つけていく人の典型を見たんですね。

三浦　これは、男と女を入れ替えるとどうなるか。「男のいうことはくだらないわよ。でも、聴いてあげない女はやさしくないわね」ということになるね。この「正気でねえ」という言葉は、その結果がどうなるかもわからずに、とんでもないことをしでかす人間を正気じゃないという「お前、正気か！」という、この正気でねえ、ですね。女のいうことはくだらないけど、そいつを聴かないとえらいことになることがわからなくちゃ。

9 夫婦に必要なストレス

◇愛するものと暮らすには一つの秘訣が必要だ。相手を変えようとしてはいけないことである。

――シャルドンヌ

曽野 これは愚直っていうことなのかしら。愚直の対象は、だいたいの場合、困る面もあるのだけれど、どうも、私が見ているところによると最後に勝ちをおさめるんですね。手前のほうで我々は、あの人は才能がないとか、十年一日だとか、鈍感だとか、勘が悪いとか、変わり身が遅いとかなんとか言うんですよ。だけど、私は何か一筋っていう人を見ると、これは敵《かな》わない、降伏してもいいっていう気になるところがあるんですね。これはそういう要素にふれているのかな、という感じがする。

三浦　少し離れているけれども、結局は同じだと思うのは、私の友人の奥さんで、始終部屋の模様替えをするのが趣味の人がいるんです。彼は夜遅くなって帰ってくることがしばしばある。その時、物音をたてたりすると「あなた、いま何時だと思ってるの」と言われるので、真っ暗い家の中に帰ってきて服をパッパッと脱いで、女房のふとんの隅に潜り込む。朝になって「あなた、昨夜何時になったの？」「うん、九時半頃かな、ママ寝てたよ」ってごまかしてた。それが、女房が部屋の模様替えをしてると、夜こっそり帰ってきた時、タンスにガタッとぶつかって、イテテテと声をあげたりすると、「あなた、いま何時だと思ってるの！」ってやられるんだって。だから、部屋の模様替えはしてほしくないんだなあって言うんです。

生活って、やたら模様替えされたら困る。だけど、模様替えが趣味の女ということもまた一つの愚直さなんですね。

曽野　**夫婦の間でも、緊張があったほうがいい**ですよ。動物園のライオンていうのは、いつもエサがあるからだらけきっちゃうんですって。動物園のライオンを長生きさせるにはどうするか。人間が移動する車の帰り道に、エサをとる必要もなくて、ライオンがでれーっと寝てる。それをわざと轢《ひ》こうとするんです。もちろんライオンのほうがすばやいから、絶対轢かれたりしないんですよ。どうしてそんなことをするかと言えば、それが唯一の健康を保つためのストレスなんですって。そうでないと飼われているライオンには何ひとつストレスがない。敵がいなくて、いつでもエサがある。

なんにもストレスがないっていうのは困ったことなんですね。何か少しはストレスがあったほうが身のためということでしょう。

三浦　一番具合が悪いのは、今日はテーブルがどこにあるか、タンスがどこに移ったかわからないと思って、へっぴり腰になりながら手さぐりで移動しているその時に、突然電気がパッとついて「何してるの」と言われることだそうです。結婚というのは、スリルとサスペンスだって。

10 人生はコントロールできないからこそ楽しい

◇妻の不貞をいつも心配している人は、自分から進んで妻に不貞をそそのかしているのです。

――マーフィーの法則51『妻の不貞』

曽野　これはメニンガーの心理学とよく似ていますね。子どもの死を恐れる親はその子どもの死を望んでいるのだという考え方ね。それは、子どもが死んでしまえば、死ぬかもしれないという恐れから解放される。そういう意味です。私は、心理学者って変なことを言うなあって思いましたよ。それが私の偽らざるところですけど。そういう考え方を認めると自分の死が怖いから、早めに死んでおく、自殺する、ということになる。自分の子どもも、死という不幸を体験しなければならないから、産まない、という判断になる。何かおかしくありません？　**人生をすべて自分でコントロールしているおかしさね。人生は受け身の部分があってこそ楽しい**のにね。

三浦　私が最も信頼している阪田寛夫という友人は、がん恐怖症に近くて、ちょっと胃が痛いと胃がんじゃないか、咳が出ると肺がんじゃないかって、がんの心配ばかりしていた。ある時、知人の女性が子宮がんで亡くなった。そうしたら、奥さんが「あなた、子宮がんの心配だけはしなくていいからね」って言ったら、やにわに怒り出したそうです。それと関係あるよね。つまり、心配してる人はそれを願っている。男として子宮がんになれる願いだけは絶対満たされないもんだから、そう言われて怒ったんだと精神分析家が言ったけど。

11 「心に垢をためない」生活の知恵

◇夫婦を結びつける絆がながく続くためには、その絆が弾性ゴムでできていなければならぬ。

――アンドレ・プレヴォ『楽天家用小辞典』

曽野 日本国憲法の解釈じゃないけれども、解釈に弾力がなければいけないのね。昨日言ったことと今日言ったことと、同じことなのに違うということね。同じ出来事にあっても、昨日は「腹が立ってしょうがない」ということのおかしさがあって、今日は「隣りはいいじゃない、隣りの人なんだから」という無責任が面白い。実際に起きてるのは同じことなんだけど、そういう考え方ができるということなんでしょうね。

三浦　弾力ということで言うと、それだけに結婚する時に、手錠のような硬直したルールを作ってはいけない。たとえば、朝は必ず七時に起きることとか、起きたら必ず両親のところへ挨拶に行くこととか、そういうようなことというのは、具体性があるために融通がきかないんですね。一応あってもいいけど、それを場合によっては崩すだけのものがなきゃいけない。

うちの息子の嫁の暁子《あきこ》さんが言うには、結婚の時に亭主、つまり息子の太郎が「**心に垢**《あか》**をためないこと**」って言ったんですって。これはどんなことでもあてはまるわけですね。そうすると、暁子さんが何か気に入らないことがあってイライラしていると、太郎が「キミ、心に垢がたまってるんじゃないの」って言うので、そうかしら、と思うっていうのね。息子もずるいんだけれども。

つまり、弾力というのは小事にこだわらないことであって、相手に対して硬直した、あまりにも具体的な期待を持たない。

曽野　今日食べた夕飯のお皿は今日中に洗うこと、というのは一応のルールなんですけれど、それをある日やめて、**ああ、よかったねえ、早く寝られて、今日はとっても楽をしたわ、と言える心**ですよね。

だから、同じことをしても、ある人には叱ったほうがいい時もある。一方、ある人には、いいんだよ、わかりゃあいいいんだよ、それはよかった、と言ってあげられなきゃいけない。それは相手の精神状態とか、家庭の事情とか、その人の生まれながらの性格、それから会社がいまどういう状況にあるかとか、そういうものを見抜いた上での総合判断ですから、きついルールを作ってはいけないということでしょうね。

12 尽きない不安との付き合い方

◇夫に愛されているかどうかに不安を感じる妻は、自分で種を蒔《ま》き、水をやり、不安を育てているのです。

――マーフィーの法則40『愛の不安』

三浦　これは、不安というものは一概にそういうものだ。夫に愛されているかどうかというよりも、不安という種は自ら蒔いている。

僕は一種神経症的なところがあって、始終、鍵をかけるのを忘れたんじゃないかとか、水道の水を出しっ放しにしてきたんじゃないか、と思うところがあって、帰って確かめたくなる。普段は意識しないのだけど、ちょっとそのことを思い出すと、だんだん不安が強くなっていく。気を紛らわすものがあればいいんですけれど。

不安というものは、実は些細な、意味のないことなのに、その種を蒔き、水をやり、育ててますます大きくしてしまう。

しかし、相手が人間である場合、確かめようがない。夫の愛情なんてものは、鍵と違って、「私を愛してる？」「愛してるさ」と言われることで満たされやしない。「ばかなこと言うな」と言われたからといって、ばかなことを言わなくなるようにもできない。確かめることのできない迷い、不安というものから自分を救済することしかないですね。

曽野　もっと平たく言うと、愛されてるかどうか、なんていうのは、必ず、過大評価か過小評価してるということです。だから、計算してもしょうがない。自分のその計測器の針を小さいほうか大きいほうに振るということをしてるわけだから。

生きていれば自然に不安は持つわけで、不安を感じること自体は人間的なことですよね。やめろといってもやめられるものではないから。正確な数値は出ないということを理性でどうしていくかということでしょうね。

13 同じ未来を見ていますか

◇結婚生活の基礎が愛であること、それは事実だ。だがそのほかにも、夫婦でいっしょに経験した、一見とるにたらないときどきの思い出も基礎になる。

――クリストファー・ド・ヴィンク "Only the Heart Knows How to Find Them"

三浦　これは、前のところで村上兵衛について言ったことの逆なんだな。つまり、結婚を成立させるものは愛であることは事実だ。しかしながら、夫婦で一緒に経験をともにすること、それが思い出の基礎にもなり、夫婦のつながりを固める理由にもなる。

体験をともにするということは、愛そのものではないけれども、一種の接着剤になる。村上兵衛のように、おたがいの心の中を打ち明けずに、何年間も寝台を並べてともにひもじい思いをし、いまにも倒れそうな訓練に耐えてきた。その経験の故に結束する仲間意識というものはある。

だけど、それを別の言い方でいうと「愛」だと考えてはいけない。それはあくまでも接着剤なのであって、接着剤によってつながっている二つのものは、発泡スチロールみたいなカスカスのものだったら、接着剤がいくらしっかりしてってもだめになっちゃう。接着剤以上にそれによってつながれている部分が固いレンガや石でないといけない。

曽野　私は学校で習ったんですけど、**愛というのは、見つめあうことではない。同じ未来を見ることだ**、というんですね。

そう考えると、一見とるに足らない時々の思い出というのは過去形でありますが、一種の未来なんですね。あれはどういうものだったのかなあ、なんで感動したのかなあと。なんで女房はあの時に立ち止まったのかなあ、なんで夫はあれを見た時に非常に楽しそうだったのかな、と思うようなことは、その意味がまだわからないという点において共通の未来なんです。それを持つということは、一種の豊かさなんですね。

三浦　思い出っていうのは、過去じゃなくて未来だということを言ったけれども、それは、現在というものがあって、実は我々には過去も未来もないんだけれども、現在を基準にした未来への希望とか恐れというものはあるわけね。その、**希望とか恐れというものを現在と結びつけた時、その線を過去の時間に延長していくと、そこに思い出がある。**

だから、**思い出っていうのは、常に未来への希望と恐れの反映**なんです。そういう意味で、思い出は過去だけれども、思い出の意味は未来だということです。

14 嫉妬と虚栄心を上手に退治する

◇人間のすべての性質のなかで、嫉妬は一番みにくいもの、虚栄心は一番危険なものである。心の中のこの二匹の蛇からのがれることは、素晴しくこころよいものである。

——ヒルティ『眠られぬ夜のために』

曽野　私は、若い時に嫉妬と虚栄心を、実は相当恐れたんです。だけど、実際の人生では一番なかったですね。というのはなぜか。まず第一に、嫉妬がなかったというのは、自分にはできることとできないことがあることがすぐわかってしまった。それが嫉妬を取り除く最大のものでした。

それから、たとえば、文学的才能にしても、私は志賀直哉さんの短編が好きだったから一生懸命、志賀直哉になろうとして、志賀直哉的短編を書くことがうまくできたとする。そして、小説の神様みたいになれたとする。しかし、志賀直哉がいる以上、もう志賀直哉は要らないんです。だからそういう意味で、嫉妬になりようがない。自分というものがあれば。

同じことで、虚栄心というのも、すぐバレる。

もちろん小さな虚栄心は常に残りますし、小さな嘘なんて数えられないほどついたと思います。だけど、バレますからね、大抵のことは。だから、やめました、さっさと。労多くして功少ないものというのはまさにこの二つ。

三浦　嫉妬というのは、いわゆる夫婦の間のやきもちではなくて、簡単に言って、自分が持たないものを持っている人を羨む。持っているがゆえに憎む。これはつまり、自分が持ってないのはそれなりの理由があるわけなんで、それを持っている人を羨んでも、憎んでもいたし方ない、無意味なことなんですね。

曽野 いまの平等の精神ていうのが、一番これをかき立ててるの。**平等じゃないんですよ、人生は、最初から。**

三浦 なおそこで平等を貫こうとすると、虚栄心が必要になってくるんですよ。持っていないのに持っているような顔をしないといけない。嫉妬というのは、不平等を認めないから起こるのであり、虚栄心は、平等であろうとすることで、そのために不自由することです。

いずれも自分を偽って、自分をあるがままに見ないことですね。鏡の中の自分を直視することができれば、嫉妬も虚栄心もなくなるんだ。鏡の中の自分を否定すれば、我々は自分の持たないものを持っている人を憎み、自分もそれを持っているかのように他を偽ろうとするでしょうね。

曽野 人間の性格には二つあって、ないものを数えあげる人と、あるものを結構喜んでいる人があるんですね。私は心根がいいからではなくて、得をしようという精神から、あるものを数えあげようとするんですね。そうすると、ちょっとしょってるように見えますけど、あの人よりは重いものが持てるとか、汚いもの食べてもお腹こわさないとか、結構いいことがいっぱいあるんです。

嫉妬心と虚栄心という二つのものは簡単な処理方法があるわけで、たとえば、なぜ自分は生まれながら病弱なんだろうなんて考えると、答えはむずかしい。親を恨んでも、そう思って産んだんじゃないですものね。ただ病気をすれば、それにうち勝つのだけでも大変なことですが、それに比べて嫉妬とか虚栄心なんていうのは処理はわりと簡単です。

三浦　**嫉妬の逆は軽蔑になる**んです。つまり、自分が持っていて人が持っていない場合に、相手を嘲《あざけ》る。これは嫉妬の逆なんだ。でも、これは嫉妬が無意味であるごとく、軽蔑も無意味だ。人を軽蔑している限り、その人のよさがわからない。

これは殊に一つの組織の中の上に立つ人について言えるけれど、嫉妬の反対の軽蔑で、「自分の部下はクズばかりだ」というふうに思ったら、この人は仕事はできないし、その組織はだめなんですね。どんなくだらない人間でも、この人は頭は悪いけど、ずうっと電話のそばにいて、かかってきたら、パッととって「はい、〇〇課です」と言う声がいいとか、自分の持たないものを認める時、彼は部下を信頼し、尊敬できる。それゆえにその組織はうまく機能するんじゃないかと思う。
嫉妬の反対の軽蔑も同じくらいみにくいね。

曽野　私は近視で目がかなり悪かった。いまも乱視は残っています。目がよく見えないって困るものですよ、正当に見てないんですから。視力があれば、汚いものもあるのもわかるし、きれいなものも見える。曲がったものもあるし、まっすぐなものもあるし、あらゆるものがあるわけでしょう。**嫉妬とか虚栄心というものは、そういうものが現実の視力のためでなくて、心理のために見えなくなる**んですから、私のような一種の視力障害者だった者はどんなに困ることか、よくわかります。

三浦　**虚栄心の反対というのは、劣等感**だね。虚栄心というのは、ないのにあるがごとく振舞うこと。あるいは、あると自分で思い込んでしまうこと。それから、劣等感というのは、自分に能力がないことに悩むこと。あるいは能力があるのにないと思い込んでしまうことであって、これも虚栄心と同じぐらい自分をむしばむし、自分を自分らしく生きさせる妨げになるんですね。だから、嫉妬と虚栄心のもうちょっと裏のほうも考えて、自分を過大評価してはならず、過小評価をしてもならず、他人に対しても、脅えず、恐れず、侮《あなど》らず、驕《おご》らず、というわりと平凡なことを言ってるような気がする。

曽野　夫婦関係において、個人個人がそうあることは重要なことですね。妻が自分より優秀だったら喜べばいいんだし、妻が自分より少し劣っていたらそれも気楽でいいなあと思えばいいのにね。妻が優秀だったら「いやぁ、うちのカミさんは俺と違ってソロバンうまいんですわ」って自慢すればいいでしょう。それから、奥さんがまるっきり算数ができなかったら、「いやぁ、もう俺がついててやらないとどうしようもないですわ」って喜べばいい。どっちもそれでいいんじゃないでしょうか。

たまにいるのは、妻と違って自分は数学の観念がないってことで卑屈になり、それから、ばかな女房をもらってしまったといって不幸になる人。同じことなのに、わざわざ不幸になる道を選ぶ意義はまったくないと思います。

15 「与えるものがある」幸せ

◇愛というものは、愛されることによりも、むしろ愛することに存すると考えられる。
――アリストテレス『ニコマコス倫理学』(下)

三浦 でもね、僕は甘ったれだから、やはり愛されたいと思う。そういう密かな願望があるんだな。だけど、誰も僕を愛してくれなかった。僕を愛してくれたのは、死んだ僕の母親だった。僕が柱にぶつかれば、悪い柱だ、と言ってくれた。
すべて無条件に、僕の邪魔になるものは全部悪いものだと言ってくれた。つまり、無条件にかわいがってくれたというのは、あのオフクロだけ。もっとも晩年になると、僕が婆さんの話を聞きながらふとんを枕にして眠っていると、僕の頭を蹴っとばしたりどね。

でも、それ以外の人に愛されたことなかったな。全然愛されたことなかったな、姉にもいじめられたし。だから、愛されることより、愛することに存在するということはわかるし、そして、信仰者としては、そういう立場を持つべきだと思うけれども。

曽野　「**受けるよりは与えるほうが幸いです**」という言葉が聖書にあるんですね。それを言う時にいつも「私はちょっと聖書を改竄《かいざん》したい。**受けることと与えること、両方幸せです**」と言っているんです。心が弱いから、兼好法師じゃないけど、物くるる人もうれしい、お饅頭《まんじゅう》三つ持ってきてくれれば、やっぱりうれしい。だけど、お饅頭三つ持って行けてもうれしい。ささやかに、三つぐらいのお饅頭で相手がことに喜んでくれるじゃないかっていう気がしちゃうのね。それと同じでしょう。

受けると同時に与える。質とか量はちょっとわからないの。だけど、与えることというのは最も人間にとって基本的なもので、**老人の不幸の第一は、与えることがなくなること**ですからね。それは存在の否定に結び付きかねないことだと錯覚されていますから。だから、与えさせていただくことが必要なんです。

16 愛はひとり占めにしない

◇人生最上の幸福は、愛せられているという確信にある。

――ユーゴー『レ・ミゼラブル』（一）

三浦　これを見てごらんよ。僕のような弱い心の人のための言葉がちゃんとある。愛されているという確信を持てたら、舞い上がって喜びのあまり死んでしまうんじゃないかと思う。

曽野　私は小さなNGOを一九七二年からやっているんです。最初の頃に私は韓国の李庚宰という神父と知り合ったんですが、その人がある時、

「人に尽くせる。ものをあげる、寄付する、そういうことはひとり占めにしないでください。そういう機会は多くの人に分け与えてあげてください」

と言ったんですね。それは、あげた人がお礼を言うということ。あげさせていただけて、ありがとうございます、という気持ち。決して、あげたから威張るんじゃないのね。それはその韓国人の神父に言われて初めて知ったんですね。いただいたほうもお礼を言い、出させていただくほうもお礼を言うということです。

三浦　僕は若い頃、寒い冬の日に天井まで届く書物に囲まれて、ストーブをぼんぼん焚いてコーヒーを沸かして、それを飲みながら、この木枯らしの中を歩く人はかわいそうだなと思うの。それが最高に幸せだと言った。これには、いささか条件があって、ほんとはそこに自分を愛してくれる人がいてほしいんだろうけど、そんなのはいっこないと諦めて、そういう孤独に親しまなきゃならないと思い諦めたところはありますね。愛されたいって思うのは、そこにあるかもしれない。

でも、考えてみると、人を愛さないで、愛されることを望むというのはエゴイズム、利己主義ですね。お金を出して初めてものを買える。人に愛を向けて愛を受け取れるのかもしれない。だから、僕が愛されないと思っているのは、僕が人を愛さなかったからかもしれない。

曽野 要するに、すべてのものには対価が要るということですよね。そういうと、五つ愛したら五つだけ愛されるみたいだけれども、そうじゃない。つまり、**愛することのできるような心の状況があって初めて愛される**んだと私は思うわ。どっちが先でもいいんです。愛されて初めて愛するという心理になれる、ということもある。

３章

家族は不完全なくらいがちょうどいい

愛っていうのは、自分とある物との関係を認識することじゃないか　（三浦）

自分もそうだし、他の親を子どもを通してとか、子どもとともに見る時に、私たちにそういう悲しみがあってしかるべきだという気がしますね　（曽野）

1 愛は〝知る〟ことから始まる

◇知と愛とは同一の精神作用である。それで物を知るにはこれを愛せねばならず、物を愛するのはこれを知らねばならぬ。

——西田幾多郎『善の研究』

曽野　これは結婚生活ばかりでなくても、基本ですね。無関心というのが一番恐ろしいことなんです。無関心だからなんでもできる。相手がどういう人なのか、どういう人生を生きて、どういうつらい思いをしたり、あるいは、恋をして幸せだったか。そういう関心がないから、連続殺人をして、虫けらのように殺しても平気なわけでしょう。

知るということが愛のはじめだとよく言いますけど、本当だと思いますね、関心を持つということ。関心がないと知ることがない。知ることがなければ愛に到達しない。
だから、無関心というのが一番恐ろしいんですけど、いま実に世の中にあふれているのがまさに無関心ですね、他人はどうでもいいということになっている。

三浦　僕は、昭和三十年代の終わりだと思うけれども、遠藤周作が『沈黙』という小説を書くための取材に同行して、井上洋治神父を交えて三人で長崎県を旅行したことがある。三人の中で運転できるのは僕だけだったから、レンタカーを借りて僕が運転して、昼はあちこち取材に歩き、夜になると三人でいろんなことをべらべらしゃべるような旅ね。
その時に、僕は、**愛っていうのは、自分とある物との関係を認識することじゃないか、**と言ったことがある。認識っていうと、足りないので、関係を測る、計測することじゃないかなと思う。どういう関係にあるかということを測るためには、その物に対する関心というか、測りたいという気持ちがないといけない。だから、そこには単なる理性とか知性のほかに、ある情念がないと、その物は自分にとってどういう意味があるかなんてことを思おうともしない。

つまり、そういう情念がないと、その物は自分にとってはないと同じなんだ。たとえば、何百人いようとも、あるいは自分の目に見えている物はどれだけのものであろうと、ないと同じ。私は男であるかぎり、きれいな女性を見るとあっと思う。そういうものがないと、そのものに対する認識も知覚も働かないんですね。

その意味で、この言葉は極めて当たり前のことを言ってるのだけれども、知と愛というのは全然別なもの、というような常識がもし世の中にあるとするならば、**知というのは、それほど理性的なものではないし、愛というのはそれほど情緒的なものでもない、**ということを、これは一度は言っておかないといけない。

曽野　私は生まれつきの盲人の方から面白いことを聞かれたことがあります。「曽野さん、写真と絵ってどう違いますかね」って。私、生まれて初めて聞かれた質問だったんですけれど、「写真というのは、そこにあるものをそのまま全部写すんです。だけど、絵というのは関心のあるものだけ描くんです」という言い方をしました。もちろん背景も描くけれど、あくまでそれは関心のあるもののためなんですから。

よく私の義兄がやるんですが、絵というのは、風景を描いて、必要と思うと、そこにないはずの電柱を描いたり、あるいは電柱がないほうがいいと思うと、とっちゃったりするわけです。きれいな女の人と花を描きたいと思うと、その後ろにあるいろんなものは全部とってしまう。

すべてそれは自分の愛の方向、対象をはっきり表して、その愛というのはどういうかたちかというと、関心というもので表される、ということですね。

三浦　映像だって撮りたいものを撮ってるわけなんだけども、そういう人間の意欲をできるだけ減らすために、たとえば、ある繁華街の交差点、あるいはある野原の一角、あるいは学校の校門というようなところにカメラを据えて、カメラを回しっ放しにしておく。

我々はその映像から、意味のあるもの、別の言い方をすると、自分が関心があるもの、自分がある関係を持ちたいと思っているもの、それを探してしまう。だから、カメラは自動的に回っていても、何が映っていたか、ということをあとから書かせると、**見た人によって違うものをそこで発見する。それが愛と知の交差点だと思います**ね。

2 それでも家族はなくならない

◇家族の廃止！

――カール・マルクス、エンゲルス『共産党宣言』

三浦　マルクス主義の行く末が家族の廃止なんです。結婚がなくなるのではないかと。一時的にセックスして、その時の快楽を享受すること。それが究極の結婚になっちゃう。買（売）春と区別がなくなる。そこには家族はない。たまたま子どもが生まれたら、それは社会の子ども。

曽野　人間の心のわかってない人たち！（笑）。子どもが迷惑ですね。私は未婚の母っていうのは、基本的には賛成なんです。自分の両親が仲が悪かったものですから、結婚というものを非常に恐れていた。けれども、子どもは持ってもいいな、育てるのって面白そうだとずっと思ってました。それは私が未婚の母になることでしょう。だから、基本的に賛成なんです。

ただ、その時に思い及ばなかったのは、**子どもって実に保守的なものだ**ということなのね。いまは給食ですけれども、昔はお弁当。そうすると、隣りの子が何か持ってくると、あ、あれ食べたいと思う。自分が変わったものを持っていくっていうんじゃなくて、あの人もあの人も、多数派が持っていったものを自分もと思う。非常に保守的なんです。

子どもに、父親だけの家がいい、母親だけの家がいい、あるいは、親がいない子どもがいい、と思わせることは至難の業《わざ》です。子どもにとっては愚かしいばかりに、お父さんがいて、お母さんがいて、というのがいい。電気メーカーの広告ポスターみたいな、つまり「絵に描いたみたいな」家庭を想像するんですよ。ただ実際にはロクでもない母親や父親がいて、そんなものいないほうがいいっていう家庭も多いんですけれど、子どもには、それは思い浮かばない。無理なんですよ、まだ、人生の多様性を理解するのは。私はほんとに、マルクスとかエンゲルスって不思議な人だと思うの。

三浦　この言葉を見ただけで、この人たち、全然人間をわかっていないと思いますね。これを実践したのは、イスラエルのキブツなんです。あそこでは、男と女は同じ家にいますけど、父親も母親も労働に出ますから、子どもは社会の子として集めて育てられる。みんな一緒のものを食べる、大食堂で食事をします。そういう意味で家族的なものはないんですけど、夜は一緒に寝る。キブツのような共産制でやっているところでも、家族というものは究極において廃止できなかったですね。

3 〝善人〟はまわりを不幸にする

◇善人が幸せになれるというより、幸せが善人をつくるのだ。

――ウォルターー・サヴェッジ・ランドー〝Lord Brooke and Sir Philip Sidney〟

曽野　私、はっきり言うと「善人」というのはどうも好きになれないんですね。どこか嘘くさい気がするので、こういうのはわからない。

善人は自分勝手に幸せになるけれども、まわりの人は不幸になることがあるの。**善人は自分に自信があるから困るんですよ。人の心がわからなくて、自分が善人であることにあぐらをかいているから**。しかしほどほどの悪人はそんな自信はない。負い目を持ってますしね。それに他人は悪人なら、自他共に理由があるから防ぐことができる。しかし、善人は防ぐことができないからそれも困るんです。

三浦　僕は十代の頃は悪い少年であったわけだけども、その時、僕を善導しようとする先生ぐらい困った先生はいなかった。こちらだってそれなりの思いがあって悪いことをしているのに、こんな先生の言うことに従って安直にいい少年になってたまるか、という気持ちがあったね。

先生の倫理観・常識と、こちらのとは違う。ある年になればこちらにもその程度の自我がある。

だから対立するならよい。ネコなで声で近寄ってくる教師にはゾッとした。

4　人を裁いてはいけない

◇人をさばくな。あなたがたもさばかれないためである。

――『新約聖書』「マタイによる福音書」

曽野　この言葉をもって、裁判そのものをしないほうがいいとかいう人がいるけど、そういう意味じゃないんです。むしろ、これが言うことは、**真実はわからないということ**なんですよ。私はそう解釈しています。

見た目で一部はわかりますけれど、人を裁く場合には、普通の法廷だって、さんざん時間をかけて双方から弁護士だの検事だのが立って、接点を見つけ出そうとする。それでもやっぱり、優秀な弁護士、優秀な検事にかかると、どちらかのほうがよく見えて、片方はちっとも解明されないという場合があるわけです。だから、人間は人間を見てもかなりわかってないのです。

この言葉にはもう一つ、対《つい》にして「裁きは神に任せなさい」というのがないといけないんですね。

見えた範囲でわかることは、赤信号の時に道を渡ったからあなたは規則違反です、という程度なら言えるけれども、だからといって、あなたは破廉恥《はれんち》な人間ですということは言えない。確かに赤信号の時に渡ることはいけないんだけれども、でも、それだから、その人が道徳的に悪いということはない。だから仮に、人を一人殺したら懲役何年とか、無期懲役とか、死刑とか、法律の上で裁くのはいいとしても、本当の裁きというのは、人間には不可能であるということですよね。

三浦　裁きというのは、常識的には、批判とか、非難、告発という意味にとったらいいと思う。人を批判するな、人を告発するな、というのは、自分が告発されないためだ。これはエゴイズムじゃなくて、**人を告発する時、その告発はそのまま自分に返ってくる、**

ということ。

「天に唾する」っていう言葉があるけれども、**本当になまけ者でない人にとっては、なまけている人は見えない**ものだ。なまけている他人を見ても、たとえば、菩提樹《ぼだいじゅ》の下で瞑想している釈迦のように、何か一生懸命考えているのだと思える。いや、そんなことも考えずに見過ごしてしまう。

自分になまけ心があり、あるいは自分でもいくらかなまけているからこそ、人がなまけていることが見える。人を告発する時、その告発の言葉はそのまま自分に返ってくる。人を告発するな、それならばむしろ自分を告発せよ、というふうに考えたほうが、信仰とは関係ない人の場合にはいいと思う。

裁きは神に任せなさい、ということは、人間はおたがい同士、告発する資格なんかありはしない、という意味なんだな。いずれ人は五十歩百歩。

5 時に悲しい親子関係

◇子供というものはな、あなた、ふた親の身とこゝろのかけらじゃ。だから、よい子であろうと、わるい子であろうと、われ〳〵の生命のもとであるたましいが愛されるように、愛されるべきです。

——セルバンテス『ドン・キホーテ』続編（一）

曽野　そう、これは本当に似てるんですよね、子どもっていうものはどこか。だから、よくても悪くてもいたし方ない。私が一番同情するのは、最近変な若者たち、無思慮な若者たちが出てきて、その人たちによって被害を受けた方というのはほんとに慰めようもない、お気の毒だと思います。だけど、同時にそれと同じくらいとは言いませんけれども、偏った子どもたちを持った親たちにも私は同情するんです。どんなに一生懸命彼らを普通の子どもにしようとしたかしれないと思う。

たぶん、まともな親だったら、決して秀才にすることを望んだりしない。出世も、この子が特別偉くなることを望んだりもしない。ごく普通に淡々と、ほどほどの学校を出て、一応、正業に就いて、妻子を養う程度の収入があって、子どもや奥さんを愛して生きててくれればどんなにいいかと思う。だけど、それがことごとく叶わなかったんでしょう。昔から、まったく無意味な殺人や犯罪を犯す子がいる。たぶん親は決してほうっておいたんじゃない。どんなに努力しても普通になれなかった子どもたちがいるんですよ。そういう子どもたちの親はとってもつらかったろうと思う。

そして、子どもは親のかけらだというんだけれど、我々の中に遺伝子みたいなのがあって、誰もが悪い遺伝子を受けているんですけども、ごまかせる程度の遺伝子を受けたケースと、同じ一つの子孫であっても、悪い遺伝的な要素だけが出てしまうということがきっとあるんだろうと思うんですね。だから、いずれにせよ、親子というのは悲しいもので、コントロールできない。だから、許してください、と言うよりしょうがないところがありますね。その運命を私はこの頃すごく考えるんです。

三浦　『三四郎』の中で、美彌子《みねこ》という人物が心理的にもてあそんだ三四郎という田舎出身の学生の前に立って「われは我《わ》が愆《とが》を知る。我が罪は常に我が前にあり」という聖書の言葉を使っている。僕は子どもの時、友人の阪田寛夫とこのことをしゃべってる時、「こんな聖書の言葉をすらすら引用するなんて、こんなの嘘だ。もしこんなことができるとしたら、美彌子っていうのはたいした玉だぜ」と言ったことがある。大人になってみると、子どもに対してそういう気持ちになりますね。「われは我《わ》が愆《とが》を知る。我が罪は常に我が前にあり」。**わが前にある、子どもがわが罪。しかし、その罪は幸いなる罪。**

曽野　自分もそうだし、他の親を子どもを通してとか、子どもとともに見る時に、**私たちにそういう悲しみがあってしかるべき**だという気がしますね。

三浦　涙とともに、悲しみとともに、その子の親を見なきゃいけない。

6 親と子の心が離れていく時

◇子どもは最初、親を愛するが、しばらくすると親を裁き、許すことはまずめったにない。

——オスカー・ワイルド"A Woman of No Importance"

曽野　子どもの時は、動物的に親を愛するでしょう。くっついて、おっぱいを吸って、触っていたいという接触感なんだけど、やがて、精神から見ると、親というのが一人の人間になっていく。一人の人間として見る時に、瑕瑾《かきん》のない人はいないんですよ。だから、これは一つの当然のことですね。そしてそれがわかるには、子どもというのは常に精神的に幼いんです。

三浦　母親と子どもの関係でいうと、親と子が一番近いのは、子どもが母親の胎内にいる時だよね。その時は母親が死ぬと子どもも死んでしまう。その意味で、子どもはまったく母の命に依存している。そして、生まれ出た時から、徐々に子どもは親との距離を広げていく。それが子どもであることの、新しい世代を産むことの掟《おきて》ですね。

その点、父親というのは、子どもと母親のような深いつながりはないから、等距離の間隔を保てそうに思う。しかし、父と息子というのは、ある年代になると、息子が同性としての父を見るようになる。その時に親を裁く。親を批判する。そして、その批判というのは、強まりこそすれ弱まることはない。「許すことはめったにない」というけど、許さないけれども、それならば見捨てるかというと、それとはまた別の問題のような気がします。親を愛するというよりも、子どもは最初、親と結び付きたい。けれども、やがては距離を広げてゆく。これは男だからこういう言い方をしたんだろう。これは父と息子の関係のような気がしますね。けれども、母親と子どもの関係ではちょっと違うと思う。

アメリカの小説の中には、『エデンの東』のような、父と子の相克、闘い合いがとても多いですね。『セールスマンの死』もそうですし。

7 だから家族はすばらしい

◇母さんときたら、ぼくをひっぱたく以外に、憂さ晴らしのしようがないのだよ。

——ジュール・ルナール『にんじん』

三浦 マルクスやエンゲルスの裏返しがこれで、家族の象徴なんです。これが家族のよさです。つまり、『にんじん』の主人公はこう言ってぼやいているけれども、じゃあ、母親を捨てて家出するかというと、そんなことはない。そのようなかたちで母親を受け入れている。母親をわかってるんですね。

曽野 たいした子なのよね。そして、母親の人間を支え、自分の居場所を知っている。

居場所のない子がいま日本にいっぱいいいますよね。家事のお手伝いひとつしなくてよくて、ただ勉強しなさいと言われて、けれど学校は嫌いで、そういう居場所のない子から比べたら、「このおふくろさんが精神的に崩壊しないで済んでいるのは、僕がいるからだ」と口に出しては言わなかったでしょうけれど、作品の中では、ちゃんとわかってるんですよね。偉大な子どもですよ。こういうひねくれた子どもができるから家族はすばらしいんです。ゆがんでなきゃ家族じゃないの（笑）。これは暴論ですけどね。

三浦　そうなんだ。それが、チェスタトンの「この世に生まれるとは、居心地の悪い世界に生まれることだ」ということなんですよ。だから、人生の不如意、あるいは、具合の悪さ、居心地の悪さ、みたいなものを共産主義社会によって全部解消できると思っていたとすれば、マルクスもエンゲルスも、イマジネーションを持たない人間だと思うね。まったく子どもなんだ。

4章

年を重ねて見えてきた〝愛とは庇《かば》うこと〟

願い、祈るという姿勢は相手を変えることではない。その問題を超えようとすることです　（三浦）

老年は、孤独と対峙しないといけない。孤独を見つめるということが最大の事業ですね。それをやらないと、たぶん人生が完成しないんですよ（曽野）

1 冒険は老年のためのもの

◇おとなしく夜の世界へ行くな、老年は、終わろうとする日に向かって燃えあがり、わめくべきだ。怒れ、怒れ、消えかけた光に。

——ディラン・トマス "Do not go gentle into that good night"

曽野　私はよく書いているんですけれど、**老年がやたらに用心深くなりすぎていると思う**んです。病気の方は別ですよ、寝てなきゃいけないとか、遠くまで歩けないというのは別だけれども、むしろ、若者が用心深くなって、老人は冒険をすればいいんだというふうに私は思うんです。猛獣がそこらにいるサファリパークの中で車を降りろということじゃないんですけれど。

たとえば、四十、五十の人だったら、まだ子どもが大学を出ていないとか、大学は出たけどなんとか結婚させるまでは生きていてやらなきゃならないとか、いろいろある人が多いでしょう。けれど、老年になったら、極端な話、いつ死んでもいいんですよ。死んでもいいなら、冒険すればいい。だから、冒険は老年のためのものである、若者の時に冒険をする人は選ばれた人ですけれど、老年はほとんどの人が冒険していいんです。これはそういうことを言ってるのではないかなと思います。

三浦　それからもう一つ、老年というのは、たとえばたそがれの薄明かりの中にいる、というふうに思うのは間違いであって、**老年にはやはり、燦々《さんさん》たる夕焼けがある。それは烈日《れつじつ》の太陽ではないけれども空一面を輝かせる、明るい美しい世界がある。**もう昼間の熱さはないかもしれないけれど、それはそれで感動があるものです。

私はいま八十歳を超えて、いくつかの場所に用があって行くけれども、黙っていれば車の迎えも来てくれるし、少なくとも請求すれば迎えに来てくれるようなところばかりです。しかし、僕はやはり、電車に乗り、地下鉄に乗って行きたい。そこには、いろんな人がいる。そのいろんな人が、私に、夕焼けのような燦々たる世界、赤やサーモンピンクやオレンジや、いろんな色を見せてくれる。だから僕は、絶対に自動車に乗って行こうとは思わない。

願わくは、外に出て美しい夕焼け空を見ることができるだけの体力が、もうしばらく続いてほしいと思う。僕は怒りたくないし、わめこうとも思わない。しかし、その美しい夕焼けを見れば、心の中が燃える。心が躍る。

曽野　お体をお大事に、って言うけれども、本当は老年はあまりお大事にしなくていいんですよね。老人になるとだんだん怠惰になりますから、放っておいたってあまりしんどいことはしないものなんですよ。ひたすら安全を望むなんてことはしなくていいと、私は思いますね。

三浦　ただ、私は、ジジイとして言うと、すべての男の老人は、美しく魅力的な女性を見ることができるように、なるべく白内障にならないようにしたほうがいい。なったら放置せず、手術したほうがいい。それから、おいしいものをそのまま食べるために、なるべく自分の歯を保存しておいたほうがいい。あとはどうでもいいね。強いて言うと、いろんなところに行くために足が丈夫だったらもっといい。

曽野　それは大事ね。私、以前に、足の骨を折りまして、車椅子の生活をしました。それまでは全身に血を送り出すのは心臓だと思っていたんです。でも初めて、何日も続けて車椅子の生活をしたら、足が動くことによって、腰の周辺が第二のポンプになっているのだということがわかりました。膝もでしょうね。その足が動かなくなったとたん、猛烈な腰痛になったんです。

老人になると心臓はますます衰えるわけでしょう。歩いたり、関節を動かしたりする以外に、ポンプアップを完全にやる方法はないんですね。だから、いよいよ歩かなきゃいけないし、寝てる必要はない。疲れたら寝ればいいんですけれども、体を動かすというのは、生死を左右するほど大切なことです。実際、車椅子に乗ると、その仕組みがわかります。

三浦　僕が、ある年になってからワープロをやりだしたのは、ワープロをやれば十本の指を使う。そうすると、ボケがいくらか遠のくかな、というはかない希望がある。それから、**家事をするというのは、本当に体の細かい筋肉を使う**んですね。だから僕は、五十五歳を過ぎて、積極的に台所の仕事をするようにしているんです。指をしゃんとさせておかないと茶碗を割ったりしますから。また、何百種類という皿とか食物とかがあって、それが一日一日、一食ごとに状況が変わっていく。それを把握しているということは、やはり頭脳の訓練のためになるんじゃないかな。その意味で、家事をするということはいいことだなと思う。

いまさら料理がうまくなろうとは思わないし、異性に好かれようとも思わないけれども、しかし、健康であれば、それなりのかたちで、おいしいものも、美しい女性も、エンジョイできますね。

2 年を重ねるほど賢明になる生き方

◇「人はいつも考えているものだよ」とゲーテは笑いながらいった。「利口になるには年をとらねばいけないとね。だが実のところ、人は年をとると、以前のように賢明に身を保つことはむずかしくなってくる。」

——エッカーマン『ゲーテとの対話』（中）

曽野　私はやっぱり若い時のほうが賢明じゃなかったような気がするわ。

私はもう充分年を取って八十を過ぎましたけど、それでもそこまでのことしかわからない。当然来年のことはわからない。いままでは、前の年よりたぶん賢くなって来ましたけどね。来年になったら頭がボーッとしてるかもしれません。年を取るにつれて、現実にそうなるということと、もしそうでなかったらということが、非常に多岐にわたって、いろいろなケースが、だんだん見えるようになってきた。

人間は普通、いま起きてることは見えますよね。でももしそうでなかったら、と考える頭ができた。私の性格がこうでなかったら、とか。相手がこうだったら、とか。「イフ」、英語のサブジャンクティブ、それが、本当にたくさん見えるようになった。

だから私は、時々、多分怒られてるかなと思うんですけど、「私、どっちでもいいんですよ」という言い方をしますね。あなたが冷静なら、こうなさるのも賛成です。でも、冷静になっているということは必ずしも健康によくありませんから、だから冷静なんていうくだらないことはやめようとお思いになったら、これも結構です。本当に私はそう思ってしまうんです。

三浦　若者は社会主義の本なんか読んで、その明快さに圧倒される。そして、この世の大悪人どもを見つけた。こいつらさえいなくなればと思いがちだ。僕だって若い時だったら、ある一つの問題が起きた場合に、それをどう解決していいかわからなくて、そしていきなり怒ったり、だから世の中のシステムが間違ってるんだと思ったりする。革命を起こす青年のほとんどはそうなんだろうと思う。

しかし、大人になって、**いろんな分野に知り合いができて、さまざまな分野でそれぞれに誠実に悩んでいることを知った**。

たとえば、羽田空港のC滑走路に飛行機が墜《お》ちた時の保険金の支払いは保険会社が金庫を空にしてもできない、なんていうことを気に病んでいる人と知り合った場合に、ある問題が起きても、その問題に答えるためには、A案、B案、C案とたちどころに考えつきますね。

そして、いまこの場でコンタクトできるのはB案である。B案がだめならC案をやってそれからA案に行こう、ということがわかる。**それがもし賢明さというならば、年を取ってから賢明になったと思う。若い時だったら、いきなり腹を立て、根本的にこの体制をぶち壊さないとだめだと思ったに違いない**ですね。

曽野　私は段階でやり方を変えるの。疲れている時や、めんどくさいと思う時は、まず楽な道を選びます。いま世間的に一番抵抗のないのはどれかな、と思う。「楽」と「抵抗がない」というのはちょっと違うんですよ。それから、自分の意思をどうしても通そうと思う場合以外は、どれを選ぶかなというかたちで、どれを落としてもいいや、という感じになっちゃうんですね。それを段階的にずらっと用意しておいて、その時々の元気の度合いで選ぶの。

偉そうに聞こえますけど、そうではなくて、自分ができることはわかっていますからね。その結果というのが、多くの場合、よくも悪くも私らしいんでしょうね。まわりが見て笑うような方法、あの人は変ねえ、というやり方。ここにいたるまでに、いろいろやってわかったんですけれども、やっぱり私なりに自然で楽なほうがいいんですよ、この際。そこで納得ですね。そういうふうになれたというのは、私が年を取ったからなんです、ありがたいことに。

3 まず「笑って」から見る

◇何でも妙なことにぶつかったら、笑うってことが一番かしこい手っ取り早い返答なんで、どんな目に逢おうと、取っておきの気休めにならあ。

——メルヴィル『白鯨』(上)

曽野　「笑う」ということは客観的に見るということね。世の中の一般の姿の一つに戻すこと。自分だけが特殊だとか、自分の身に起きたことは何か特別なことだという思いは誰でもありがちなんですけれど「ああ、俺も世間並みにずいぶん変なことに逢ったもんだ」というくらいの、人間の歴史の中でありきたりの、ちょっとしたつまずきの中に入れてやること、私はそれが笑いということなんだろうと思います。

つまり、人はどういう時に笑うかというと、限りなく自分に近いことを暴かれた時に笑うんです。漫才というのはたぶんそういうものなんですよね。個人の責任にしてしまうと大変なことを、こんなかたちで人類が当たり前にやってきたことだというふうに戻してやると気が楽になるということじゃないでしょうか。

三浦　漱石の『草枕』の冒頭の部分「智に働けば角が立つ。情に棹《さお》させば流される。……」というのを高校で大抵の人は習うけど、あの中で、雨に濡れて歩いている自分は非常につらいんだけれども、それを客観的に、雨の中を濡れながら歩いている旅人として見た時に、絵になるし、詩になると。

どんな妙なことにぶつかろうとも、ある距離をおいて自分を見直す時に絵ができる、詩ができるというのが漱石の立場ですけど、笑うことができるということは、ゆとりを持つためには笑うだけの客観性が必要だと。少なくとも、その時につらさを忘れることができる。笑うことも、漱石の言う芸術的な立場をとることも、気休めになるということですね。

4 思うにまかせぬ人生の確かな希望

◇人生はレールの上を走っているわけではない。いつでも自分の思うほうへ行くとはかぎらない。

――ウィリアム・ボイド『アイスクリーム戦争』

三浦　思いどおりの方向に行かせようとする、レールを敷こうとすることが人間の浅知恵、愚かさなんだ。レールの上を走ろう、間違いない線路を見つけようという人がとても多い。

親が子どもに期待する場合も多いですね。その場合、親としては子どもに、限りあるものだけれどもキャタピラーを、それさえあればどこへでも走れる可能性を与えることが重要なんだね。ただ、レールを敷くためには何千キロも敷かなきゃいけない。キャタピラーの場合はせいぜい十メートルか十五メートル。与えられるのは、それが限界だという気がしますね。

曽野　日野原重明先生のご本を読んでいたら、私がいつも気にしていた詩が出てきたの。

病者の祈り

大事を成そうとして力を与えてほしいと神に求めたのに
謹しみ深く柔順であるようにと弱さを授かった
より偉大なことができるように健康を求めたのに
よりよくことができるようにと病弱を与えられた
幸せになろうとして富を求めたのに
賢明であるようにと貧困を授かった
世の人々の称賛を得ようとして権力を求めたのに

神の前にひざまずくようにと弱さを授かった
人生を享楽しようとあらゆるものを求めたのに
あらゆることを喜べるようにと生命を授かった
求めたものはひとつとして与えられなかったが
願いはすべて聞き届けられた
神の意に添わぬ者であるにもかかわらず
心の中の言い表せない祈りはすべてかなえられた
私はあらゆる人の中でもっとも豊かで祝福されたのです

この本の中には、これはニューヨークにあるリハビリテーション研究所のために書かれた一患者の詩って書いてありますが、同じ詩が別のところにも出ているんです。みんないろんなことを言うので誰が元なのかわからない。表現も少しずつ違っています。

たとえば、トリノの無名戦士の墓に刻まれているのは、

私は人生を楽しもうとして神にすべてを願った
しかし神はすべて神の十全性を楽しませようとして私に人生をくださった
私が神に願ったことは何ひとつかなえてもらえなかった
しかし私が神において希望したことはすべてかなえられた

というふうに、原作者が誰か、わからない。けれども同じものがあちこちに出ているので、びっくりしたの。これは本当に私の心に残っている詩です。

5 寡黙な友を大切にする

◇古い友達を棄てるな。新しい友達とでは比べものにならないからである。新しい友達は新しい酒のようなものだ。古くなってはじめて、美味《おい》しく飲める。

――『経外典』

三浦　僕は、字が下手だから、ある時期、色紙を書けと言われて困ると、絶対に人に飾られないように、「白雪やいばりの湯気の白くして」とか「銀座八丁、豆腐八丁」とか書いていたけれど、ある時「**旧友ははき古した靴のように捨てがたい**」と書いた。本当に古い友だちというのは、はき慣れた靴なんですよね。ハイヒールなんかの場合に、変なところにひっかけてキズができたりなんかしても、ちょっと長く歩くという日には、やっぱりその靴のほうが歩きやすくていいということがある。

古い友だちというのは、いかにヨボヨボのジジイになっていても、あるいは世間的な成功者なんかでは全然なくても、一緒にいる時に、何とも落ち着くんですよね。だから、洗いざらしの浴衣《ゆかた》とか寝間着とか、あるいははき古したキズだらけの靴をきれいにしてはいて行く、ということは、やはり年を取ったらいいことだと思う。

曽野　友だちというのは、棄てられても、棄てないほうがいい。棄てられることは仕方ないけれども、棄てないほうがいいですね。

それに、古い友だちって、あまり棄てないものなんですよね。もうおたがいに、悪いところも見尽くしちゃってるから、何をいまさら驚くか、というようなものでね。だから、棄てなきゃいけないような友だちだったら、本当の友だちじゃなかったのかもしれませんね。ただ、その人とこれだけはしちゃいけない、ということはあるんだと思うんです。

たとえば、お金にだらしがなくて、契約の精神がない人とは、ビジネスをしてはいけない。じゃその人は悪い友だちかというと、違う。そういうことさえしなければいい友だちっているんですよ。二人でお茶を飲むとか、音楽会を聴きに行くとか、刺繍《ししゅう》をするとかいうことだけなら楽しくやれるの。

ただ、いずれにしても、友だちに対するやり方は、個人差が大きいんですね。

私は身の上相談というものをわりとされるような気がする。理由は、たった一つなんですよ。人にしゃべらないから。私はドンづまりなんです。**いっさい人のことは言わない。それが私の、友情を保ってきた理由のような気がします。**

いつか、イエローペーパーに怒鳴られたことがあるんですね。財界の有名な夫婦がいて、旦那様に彼女ができて夫婦は壊れかかってるとか、半分別居してる、みたいなことを私は知っていたんですが、私は、その人の親友にさえ言わないでいる。だから、その親友が全く違ったニュースを私に教えてくれるわけ。へえ、ふうん、と聞いているだけで、私は何にも言わない。それがついに一年半ぐらいたって公になってしまった。そうしたら、聞いたことのない変な新聞が、それについてコメントをもらいたい、と言うから「当人にお聞きになるのが一番正確でしょう」と言ったんです。すると「でも、あなたはお親しいんでしょう」と言うから「ええ、私、親しいから言わないんです」って答えました。相手は怒ってましたけれど。

三浦　私は、容易なことでは親しく付き合う友だちは作らないですね。一人でじっとしているのが好きで、家内が外国に行ってる間、寂しいでしょう、と言ってくれる人がいるけど、そんなことはない。ある程度家事をしてくれる人がいますから、一日中自分の部屋にいて、食事の時に下におりてくる程度だ。本を読み、ぼんやりとし、そして疲れたらテレビを見る。お風呂に入る。一人が好きですね。

曽野　私が一番嫌なのが、パーティーに出ることなんですね。そこで不特定多数の人と会うのが嫌なんです。特定少数の人は大好きなの。だからお友だちだったり、この方はどういう方だというのがはっきりわかってる人だと、お話ししてるのは全然疲れないんですけれど、パーティーのようなところは一番嫌。でも、これも性格次第ですね。パーティーが好きで好きでしょうがない、とかいう人もあるのね。要するに、自分に合った生活をして、そして、夫婦であっても、おたがいに強要しないということでしょうね。

6　いざという時に頼れる三人の友

◇よき友、三《み》つあり。一つには、物くるゝ友。二つには医師《くすし》。三つには、智恵《ちゑ》ある友。

——兼好法師『新訂　徒然草』

三浦　物くれる、というのは、いいものよりも、家の庭に落ちた栗を七つ持って来てくれるとか、そういう友だちだよね。ずっと前に椎茸の菌を植えた椎の木の材木があって、もう生えないと思ったら五つできたから二つお前にやるなんていう、そういうのが「物くるる友」だな。たくさんくれなくていい、むしろケチで、いざという時、頼りにならないようなのがいい。したがって、二つ目の医師というのは、名医である必要はない。何だかこの頃眠れないいんだとか、時々足がギクッと痛くなって十秒ぐらい動けない時があるんだとか、そういう、医者に診察をしてもらっても、薬をもらってもどうしようもないようなことを話すと、「お前、それトシ。でもね、そんなことじゃ死なないから安心しろよ」というようなことを言う医師なんですよ。名医じゃなくて、むしろだめな医師。何でも「トシ」と言って片付けてくれる医師。そういうことがだんだん重なって、お前も死ぬんだって。

曽野　私の姑さんのところに近くのホームドクターがいらっしゃって「おばあちゃん、死ぬのは一回だからね、なかなか死ぬもんじゃない」と始終おっしゃってました。本当にいい言葉。みんな笑い出して明るくなりましたね。

三浦　「智恵ある友」も、大知恵でなくていい。智恵があるというのは、本当に学問があるなんていうんじゃなくて、「そりゃだめだよ。お前のかみさんにそういう言い方したって、到底だめなんだよ、お前のかみさんてのは、俺、若い時から知ってんだから」という、それが智恵ある友なんですよ。

だから「物」「医師」「智恵」というのは、カギカッコで囲ったほうがいいかもしれない。兼好法師って面白いね。若い時はこの人の面白さって全然わからなかったけど。

7 「孤独」がないと人生は完成しない

◇年を取るとともに、新しい友人をつくらなければ、たちまち孤独になってしまう。

——サミュエル・ジョンソン"Life of Johnson"

曽野 年取ってから友だちができないというのは、嘘だということが最近わかったんです。私は、四十代、五十代から、どんどん友だちが増えたんです。とっても勘がよくなりました。この人とは付き合えるとか。それは、相手がいい人だとか悪い人だとか、私がいいとか悪いとかいう問題じゃないんですよ。どんなにいい人でも、付き合えないというか、向こうが嫌がるだろうという人がいるわけです。私がこういう性格で、口に慎みがないとか、性格が荒っぽいとか、いろいろあるわけでしょう。それでもいいや、と言ってくれるかどうか、ということに関して、すごく勘がよくなった。だから、四十代以降にできた友だちは、ほとんど短期間に、これは大丈夫、と思えた人なんです。そして私の困難な時に、いつも手助けしてくれた人です。

たとえば、女の弁護士さんの友だちがいるんですけど、本職の仕事としてはまだ一度、著作権のことを質問しに一時間しか行ったことがないんです。でも他のことでは、音楽会に行ったり長いこと遊んでます。人生をしゃべってるんです。

三浦　僕は、ジョンソンが言うのと違って、やはり若い時の友だちじゃないとだめなんだな。たとえば広瀬淡窓《たんそう》という人の詩に「道《い》うを休めよ他郷苦辛多しと　同袍《どうほう》友有り自ずから相親しむ　柴扉《さいひ》暁《あかつき》に出《いず》れば霜《しも》雪のごとし　君は川流《せんりゅう》を汲め　我は薪《たきぎ》を拾わん」という、下手な詩があるんですね。この「同袍」というのは同じ襦袢《じゅばん》を着るということ。

友人の阪田寛夫と僕は、同じ襦袢どころか、同じさるまたを分かち合ってはいたわけ。誰のでもいいから、比較的きれいなのを探してはいた。もはや誰のだかわからない。「同袍友有り自ずから相親しむ」というのは、中学の時に習って、下手な詩だなと思ったけど、高等学校に行って、うん、これは同袍友有り自ずから相親しむ、だなと思ったんだ。だから、そういう時というのは、先もなく何にもない時に、無条件で、無前提で親しくなった。そういう友だちというのはとても懐かしい。だから僕は阪田が死んだ時は非常に衝撃を受けた。

曽野　老年は、孤独と対峙《たいじ》しないといけない。孤独を見つめるということが最大の事業ですね。それをやらないと、たぶん人生が完成しないんですよ。つらいことですけど、そうだろうと思います。だから、孤独が来た時に、何でもないことではないんだけれども、これはいわば、予定されていた。コンピューターに組み込まれていたことだと思おうとしています。

三浦　僕は、十七歳の時に、ある意味だったら老成だけど、ある意味だったらキザな言い方をしたことがある。どういう人生が幸せかというようなことを。

前にも言ったけど阪田なんかと話し合った時に、壁面が全部、天井まで届くような、書棚に囲まれていて、そして窓は一つぐらいあって、その窓の外に利鎌《とがま》のような三日月があって、そして部屋の真ん中でストーブを焚いて、その上でコーヒーをゴボゴボ立てて、本を読んでコーヒーを飲みながら、三日月の外の木枯らしを見て、こんな時に外を歩いてる人は気の毒だなと思う、それが幸せというものだと言った。

それなりのキザと、変な気負いがありますけれども。やっぱり、そういうかたちで、孤独を愛さなきゃならない、とその頃から思ってたようです。

8　肉体が衰えることで得られるもの

◇「青春」、大きくて、元気がよくて、愛に溢れて――優美さと、力強さと、魅力に横溢する青春よ、君は知っているか、ひょっとしたら「老年」というやつが君たちに劣らぬ優美さと力強さと魅力をそなえて君のあとからやってくるのを。

――ホイットマン『草の葉』(中)

三浦　僕らは、若い時というのはそれほどすばらしいと思わなかった。また阪田寛夫の話ですけど、彼と話をしていて「青春というのは、真空のボールみたいなものだ」と言ったんですね。外側の圧力がこうきつくちゃとてもたまったもんじゃない。ただ、もし我々が天才だったら、真空のゼロの中から有を生み出して、そして外圧以上のものを作ることができるだろう。でも、我々は天才じゃないから、多分そんなことはできない。やがて外側の殻が擦り切れて、そこからシューシュー空気が漏れてきて、気がついてみたら外圧と内圧が同じになってる。それが大人になるということに違いない、というようなことを、阪田と十七歳の時に話し合ったんですよね。

青春というのは、今日もまた昨日のごとく虚しかった、と毎日毎日思っていた。だから僕は「将来、口が滑っても、青春は明るく美しいなんて言うまい」と思った。

いまの年になって思うと、青春ですばらしいのは、肉体だけだということですね。若い時は、僕はスポーツ好きじゃなかったけれども、戦時下に育ったからいろんなかたちで運動をさせられた。私は四十代の終わり頃から、もう一度スポーツをしはじめて、昔、千メートルをクロールで泳ぐのは何ともなかったのに、四百で息が切れてしまう。だんだん苦労して千メートル泳げるようになる。

そして、はじめて八百メートルからやったジョギングを十キロ走るようになる。だけど、十キロのジョギングをしていると、十八歳の私が、本当に軽々とした関節のスプリングだけで息も切らさずに私を追い抜いていく幻を見るんです。そのジョギングを六十六歳の誕生日に僕はやめたんです。友だちの医者から「お前、いい加減にやめろ、それは年寄りの冷水《ひやみず》だ」と言われて。それなら六十六の誕生日にキリがいいからやめようと思ってやめたんですけど、その時に、私がフーフーハーハー、一時間以上かかって十キロ走ってる時に、やはり五十歳の私が汗まみれになりながらドタドタと私を追い越していく幻を見たんです。だから、青春というものが、老人にとって羨ましいことがあるとするならば、肉体だけは羨ましい。あとは僕は別に青春が羨ましくない。しかし、肉体は羨ましいとは言いながら、それだけに迷いが多く、そして肉体の持っている摩擦熱が大きくて、決して毎日が楽ではなかったと思いますね。

曽野　そしてまた、もちろん若くて肉体の能力が全部備わっているほうがいいんですけど、謙虚ということが身にしみてわかるのは、たぶん肉体が不自由になることでしょうね。どんな人にとっても。そして、**謙虚さがわからないと、うまく世を去れないんですよ。だから私はやはり肉体が不自由になっていくことさえも必要なんだろうと思う。**もし一生そういうことを知らないでいると、人間として完成しないような気もします。

9「自分の人生」を生きる、ほどよいテンポ

◇君、時というものは、それぞれの人間によって、それぞれの速さで走るものなのだよ。

――シェイクスピア『お気に召すまま』

三浦　日本の時間というのは、日の出が明け六つで、日没が暮れ六つであって、だから、夏と冬では昼間の時間が大変違うんですね。だけど、お日様が出たから起きてメシを食って働き、日が沈んだから寝る、生活のテンポとしてはそれが合ってるわけです。それに対して、真っ暗なのに七時だから起きようとか、まだ明るいのに八時だから寝ようというのもある。僕はスウェーデンで夏、宮廷の晩餐会に出たんですけども、シェードを下ろして、

ロウソクをつけて食事をするんですね。しかし、食事が終わっても西日がかんかん照っている。そういうのを見て、西洋風の絶対的な時間というものの偽善を感ずるんですね。それは日本の生活的な時間というのと違うということですけど、この場合は、それればかりではなくて、有為に過ごさざるを得ない時間というのは、ほんとに長いんだけれども、忙しくて忙しくて仕事に追い倒されている時には、おお、もう日が暮れて晩メシか。そういえば腹が減ってる、ということはありますよね。

だから、時間というのは、生活時間と絶対時間のほかにも、個人の生活のテンポによってかなり長さが違うと思いますね。短い時間だけど、今日は充足して生きたという日と、今日一日は長かったなあという日がある。

では、どういう時間の過ごし方がいいのかというと、やはりほどほどがいいような気がする。そういえば、朝起きてから家に帰るまで全然トイレに行ってなかった、なんてことがあるけれども、それはあんまりいいことじゃない。やはり、腹が減ってメシを食って、一杯のラーメンをうまいと思い、さあ、これからまた仕事だと思う。そういうような生活のほうが人間的なような気がする。

だから、あまりにもテンポが速い時間もだめで、自分の意思ではなんともしがたいところがあるんだけれども、**時間のテンポは自分で決めていかなければいけない**んじゃないか。そうなれるように努力すべきではないかなと思いますね。技術的な時間の作り方を発見する道が大事だと思う。

曽野　私は人生で時間が長いと思ったことがないの。毎日毎日短いと思ってる。やることがノロマなのか、することがたくさんあるのか……。というように、したいことがたくさんあるからでしょうね。それはとっても幸福なんだろうと思う。**長すぎる時間というくらい不幸せなものはないんじゃないか**と思うんですね。今日一日、何をして過ごそうか、という人がけっこういるんですって。その人は多分したいことがないんでしょうね。自分の責任ですね。

10 本当の愛とは「問題を超える」こと

◇人間を変える試みは傲慢《ごうまん》です。あなたにできるのは願い、祈ることだけです。

——マーフィーの法則42『愛の祈り』

曽野　これは前述の聖書の「コリント人への第一の手紙」の十三章のところに全部出てきます。人を愛するということは何かということですね。

人を愛するということは……、といろいろ書いてあって、まず「στέγω《ステゴウ》。庇《かば》うこと、上に覆い被さること」とある。厳密に言うと、「鞘堂《さやどう》を作る」という言葉が使ってあるんです。建物を保護するために外側にお堂をつくって、中の文化財に適当な温度と湿度を与えて風雨に耐えるようにする、という意味。ギリシャ語でもステゲイは動詞ですけど「鞘堂を作る」

という意味があるんです。それは、愛は相手を変えさせることではない。そのままの相手を庇うということだと言うのね。たとえば、親は子どもを愛してますから、意見して悪さを矯《た》め直そうとする。でもそれは本当の愛とは違うというんです。

願うことと祈ること、ちょっと表現は違うけど、そういうことでしょうね。

三浦　願い、祈ることはできる。相手の基本は変わらなくても、相手を愛していれば、相手の願いや祈りにできるだけ折り合おうとするだろうね。しかし、それは変わることではない。**願い、祈るという姿勢は相手を変えることではない。その問題を超えようとすることです**。それも問題の解決法の一つです。子どもの時の大問題でも、人人になって、別の次元から考えられるようになれば、なぜそんなことに悩んだかと思うでしょう。変えさせるということでもない。

11 旅は老いを鍛える

◇旅は、若者にとっては一種の教育であり、年配者にとっては一種の経験である。
——フランシス・ベーコン『エッセーズ』

◇若者にできるのは、老人にショックをあたえて、時代おくれにしないことだけだ。
——ジョージ・バーナード・ショー "Fanny's First Play"

曽野　この頃、旅というのが問題になってきたと私は思うのね。昔、フランシス・ベーコンの頃の旅というのは大変なものだったと思う。強盗に遭うし、疲れるし、その土地の風土病とかそういうものに倒される可能性が極めて大きかった。しかし、いまは旅というのは、映画を観るのと変わらないようになった。ただ映画では夕飯のシーンのおいしいものを実際に自分は食べられないけど、旅ならその土地に行ってレストランに行ける、という程度の違いではないかなという気がするんですね。

私がいま本気で希っているのは、本当の旅、危険を伴った旅を若者たちにさせるということです。若い人たちに、アフリカを見てほしいということです。本来の人生の旅の復活ということをむしろ考えないといけないと思うんです。

別に危険そのものを求めていくという必要はまったくないんですが、**旅というものは本来、現在毎日やっている生活よりも、つらくて不自由で危険を含んだもの**なんですよ。ところが、いま、旅というものは、安全で、楽で快適でなければいけないというふうになってきた。そこに、私の意識との大きな食い違いが出てきて、旅がもはや教育的でもなく、経験にさえなりにくい。むしろ本を読んでたり、「ニューヨークのすべて」なんていうビデオを見ていたほうが、ハーレムに行かなくてもハーレムのことがわかったような気になる。このバーチャル・リアリティみたいなものに取って代わってしまった。それが私は問題だと思いますね。

年配者にとっては、旅行はどういうかたちの旅をしても大した問題じゃないのね。だけど反対に、冒険をしようという若者たちの中で実に無知で無謀なのがあります。若者が一人で歩いているところを見ることがたびたびあります。女の子が一人でインドなどを歩いていると、ぞっとしますね、めちゃめちゃ危険なのね。貧しい土地には、腕時計一つ盗《と》るためにでも人を殺す人がいるということがわからないんです。あらゆる常識には例外がありますから、一概には言えないかもしれませんけど、考えられないような危険をやってますね。

三浦　以前こんな事故があった。サファリパークで、家族が二台の自動車に分乗した。おばあちゃんが抱いていた赤ちゃんが泣くもので、おばあちゃんは別の車に乗っている母親のところに行こうと思って自分の車を出た。つまり、そのおばあちゃんは、気の毒だけども、サファリパークということについて、まったく間違った考え方を持っていたと思う。それで、おばあちゃんは動物に殺されてしまって、おばあちゃんを助けようと思ったおじいちゃんも殺されちゃった。

旅行というのは、サファリパークの中で、自分が乗ってる車を降りることなんです。降りて、別の車に乗り移ることなんで、その時にはよほど注意して気を配って、それでもなお襲われるかもしれない。そういうことなんだ。そういう意味で、サファリパークで車を離れて花を摘みに行くような女の子が、あまりにも多すぎるような気がする。教育というのは、そういう意味では、非常に高い月謝を払う危険性をはらんでいるわけだな。

また、旅というものをもう少し別に考えると、日常生活というのは、無意識のうちに秩序が作られてしまって、そしてそれなりのかたちのマナーリズム、マンネリができてしまっている。旅というのは、それから出ることなんだな。だから、普段、自分のベッドから起きて、こう行けばトイレがあるとか、ドアがあるとかいうのは、旅先の宿屋に泊まれば、もう違ってしまう。

だから、旅というのは狭い意味での旅行ばかりではなくて、日常の外に出ること、日常生活のマナーリズムが通用しない世界に来ること。そしてその時に、**自分の日常生活のマナーリズムというものは、いわゆるマンネリになっているということや、もはや価値がないのに価値があるかのごとく錯覚してしがみついているに過ぎないという**

ことを悟る。それが旅の大きな意味なんだ。だから「若い者にとって一種の教育である」というのは、若い者にはまだマナーリズムというのははっきりしていないので、世の中には様々なかたちのマナーがあるんだ、という意味で、自分の日常生活の範囲を広げていく役に立つということ。だから、若い者にとっては教育である。

年配者にとっては、マナーリズムというのはできあがってしまっていて、老人のマナーリズムというのは、もはや必ずしも動かす必要がない。死ぬのを待つだけだから。だけれども、やはり「おお、こんな考え方があるのか、若いやつはこんなことを思ってるのか」ということは、自分のマナーリズムの上に、自分の日常生活の上に、珍しい草花を育てるようなかたちでの意味があると思う。だからそれは経験である。そして、一種の驚きである。驚かなくなってるから、新鮮な驚きを感じる場である。

曽野　私は、年配者にとっては一種の訓練である、と変えたい。

5章

老・病・死……すべてに納得して生ききるために

人生の意味、生きることの意味というのは、死をどう見るか、あるいは死に対する見方をどう成長・発展させていくか、ということだろうな　（三浦）

過去の不幸のようなものがあるから、あるいは、長い間待ちました、というような、ある実感がないと待ち望んでいた幸せもわからない　（曽野）

1 奇跡は「病」の中にある

◇死と病気とへの興味は、生への興味の一形態にほかならない。

――トーマス・マン『魔の山』（三）

曽野　「病気」というものがこの世に必ずある。私は、ハンディキャップを持った方と毎年イスラエルなどに旅行しているのですけれど、何年かに一度、フランスのルルドというところに行くんです。そこで奇跡のようなことが起こる。医者にも見放されているような、とても重い病気が治った例があると言うんですね。アレキシス・カレルという、ノーベル賞をもらった人がいて、その人がそこであり得ない治り方をした人を本当に見たんですね。文章にも書いています。

でもカレルの話を信じるかとかそういうことではなくて、病気というものは健康と込みであるということがルルドに行くと実感されるんです。いわば健康が常態であって、病気が異常事態である、と思うのではなくて、常態の二つの姿だということを、重病人の溢れたルルドの町全体が示しているということですばらしい所なんです。

そこで行われる奇跡というのは決して、ないはずの手が生えてくるとか、見えない目がパッと見えるとかいうことではなくて、**人間にとって願わしくない、病気というある異常事態にプラスの意味を見つけられるようになるという奇跡**なんです。そういう意味で、病気というものが死への非常に重大な、必要な段階であるということは承認できる。

ですけれども、これは、確かに生というものがあってはじめて、病気とか死の意味があるわけですから。そういうかたちで捉えていただきたい、ということです。

三浦　下半身が動かなくなった青年の所にカトリックの修道者がやって来て、「君、すばらしいじゃないか、頭と手が動く、頭によって手を動かすというのは人間にしかできないことなんだよ。人間にしかできないことが全部できるじゃないか」と言った。これを聞いてハッとした、そうだったんだと。彼はいまでも明るくおしゃべりな男ですよ。

2 自分の人生を重んじすぎない

◇世は去り、世はきたる。だが、大地は永遠に変わらない。日は昇り、日は沈み、また元にもどって、ふたたび昇る。

――『旧約聖書』「伝道の書」

曽野　これはすばらしい視点ですね。私たちは、自分の人生というものを重く見る。これは当然のことであって、そして、自分の死というものも重い。つまり意識の五十％以上を自分が占めている。残りで他者を考えている。だけども、誰が死んでも生きても、大地は何も動揺しないんですよね。そういうふうに、できたら自分の生死というものを軽く見られることを、私たちは学ばないといけない。

三浦　この句はしばしば使われて"The sun rises, the sun sets"というのはミュージカルの主題歌にもなってますよね。それからヘミングウェイの小説の中に"The sun also rises"という作品もある。だからこれはやはり、キリスト教文明の中の若者の心を捉えたんだろうな。

曽野　しかし前半のほうが面白いですね。「世は去り、世はきたる。だが、大地は永遠に変わらない」。昔はよく、女というのは自己中心であって、女は世界が自分を中心に回ってると思う、というような言い方をされたけれども、現代はその女性的な発想がだんだん広がっていったような気がするのね。いま自分の人生だけが関心の的であって、他の人のことはほとんど眼中にない、という人が増えたけれども、私は逆に、**自分の人生をできるだけ軽く思えること、そしてそれと比較すれば、人の人生を重く思えること**、というのが、好きだし、できればいいと思います。

三浦　東洋の人はしばしば矛盾したことを二つ並べて、悟ったようなことを言うわけだけど、芭蕉の言葉に「俗中俗を去る」というのがある。それと同時に、「不易《ふえき》流行」という言葉があるのね。つまり、変わらざるものと流れ行くもの。世の中に、過ぎ去っていくものと変わらざるもの、相対的なものと絶対のものとがある。我々は相対を通してしか絶対を見ることはできないわけなんだけれども、そういう意味で、この「伝道の書」の「大地は永遠に変わらない」というのは、不易なるものが世の中にあるんだ、絶対なるものがあるんだと教えている。

　大地というのを地球というふうにとると、地球にも終わりはあるわけなんだけども、たとえもう一度ビッグバンが起きて、宇宙がご破算で願いましては、となるにしても、その第二の宇宙なるものはあるわけです。大地というのをそういうふうにとれば、永遠なるものはやはりある。しかし、相対的な世界の中で世は去り、世はきたる。日は昇り、日は沈むけれども、そのテンポというか、それを動かす原理そのものは変わってないんだ。その中で、我々は相対的なものからいかに脱却していくか、相対的なものをいかに受け止めるかということになる。

3 最後の〝紐《ひも》〟は解《ほど》けやすくしておく

◇心の底を傾けた深い交わりは禁物《きんもつ》です。愛情の紐は解けやすくしておいて、あうも別れるも自由なのがよいのです。

——エウリーピデース『ヒッポリュトス』

三浦　エウリーピデースというのは、非キリスト教世界の、来世のない人だから、現世の思いがあまり深いと、死ぬ時に苦しむというような意味で、あまりにも深い交わりというのは、かえって後に悲しみをもたらすと言ったのです。

論語に「君子の交わりは淡きこと水のごとし」というのがある。それで水に縁があるから、海軍の将校、士官のクラブを水交社っていうのね。だから「君子の交わりをしよう」

と決めて、淡々と、激しい憎しみも、激しい愛情もなく振舞った。そして海軍士官は「行って参ります」とは言わなかった。参るというのはまた戻って来ることだから、ただ「行きます」とだけ言った。「君子の交わりは淡きこと水のごとし」というのは東洋の男の美学なんだな。

曽野　これは、キリスト教であろうとなかろうと、多神教であろうとなんであろうと、一つの人間の姿勢のような気がしますね。私、よくわかる。深情けっていうのもあるけど。こういう愛もあるでしょうね。愛というのは一つじゃなくて、いろんな表現があるから、紐をとけやすくしておいて、いつでもいいよ、嫌になったら出てお行き、というのもありますね。そしてすてきですね。

三浦　たとえば、男が力があって、女は弱い時代のことだと思うけど、そういう場合、勇者になったものが相手に対するいたわりとして、自分はお前に要求しない。お前から与えてくれるものだけで満足しよう、という姿勢を持てということだったから。

4 心を手当てする、ということ

◇心の奥底にたっしてあらゆる病を癒《いや》せる音楽、それは温かい言葉だ。
——ラルフ・ウォルドー・エマソン"May-Day and Other Pieces"

曽野　表現は達者でなくてもいい言葉っていうのはありますね。私はこの間、中国へ行って田舎の中医を訪ねたんですけど、その診療所は、お世辞にもきれいとは言いがたくて一日に来る患者はたった六人ぐらいですって。そこへ私たちが訪ねていった。日本の中央政府の厚生省のかなり偉い人がいきなり自分のところに来てくれるなんて、その医者にとっては考えられないわけです。

すると、その人がいきなりたばこを出したんです。ハウドゥユウドゥ、こんにちはの握手もできない、田舎のお医者です。その人がまず会うと「たばこはどうですか」って言ったの。私、その時に胸をうたれたんです。彼には言葉はなかった。だけど、自分で考えられる精一杯の好意を示すことをした。それはたばこをあげることだった。私はとても感動して、あの中医のおじさんを決して忘れないだろうと思っているんですけれども、そういうものがありますよね、言葉とか行為とか行動とか。

三浦　能の「鉢木《はちのき》」というのはそれなんだけど、大事にしていた盆栽を、なんて言うからいやらしいんで、とるものもとりあえず自分のまごころを示すという、ある素朴さのようなものがあって、それは言葉とは限らない。態度かもしれない。皿を並べて迎えることかもしれないし、そばにいた猫にけつまずくことかもしれない。

曽野　ここに「癒やす」という言葉が出てますね。癒やす、というのは、ギリシャ語では二つあるんです。σώζω《ソーゾー》というのは、救う、生かす、保つ、見守る、心に留める、記憶する、ということです。もう一つはθεραπεύω《セラペウオウ》っていうんです。つまりセラピーのことですね。それは癒やすという意味と同時に、じっと心にとどめる、記憶する、仕えるという意味を持つ。だから、癒やすためには記憶して仕えないといけない。

これは一つのものの見方であって、**記憶するということは相手を正確に判断しようという情熱を持って、かつ、その人のことを忘れないという誠実さを持つこと**ですね。それは、あたたかい言葉になるか、鉢の木を切るか、ある国だったらかわいがって飼っている犬を煮て食べさせることかもしれないけど、何かそういうものになって出るでしょうね。

三浦　日本語の手当てという言葉は、手を当てることだっていうけども、ほんとに苦しんで痛がっている人に思わず手を伸ばして、どうしていいかわからないけれども、手を置くという衝撃的な愛の行為から始まったと思う。だから、あたたかい言葉、あたたかい手当てでもいいわけだよね。

5 最後まで譲ってはいけないもの

◇愛する者たちに誰が掟《おきて》を課することができよう。愛はそれ自体はるかに偉大な掟なのだ。

――ボエーティウス『哲学の慰め』

曽野　ボエーティウスは自由で偉大ですよ。愛はそれ自体が偉大な掟だ、というのね。だから、その人にとっては何がいいかということをケースバイケースで考えるわけでしょう。自堕落《じだらく》でなまけものの二人の生活がいいとか、夫婦揃ってスリをやるのがいいとか、夫婦揃って人助けのために命を捨てるのがいいとか、冒険に一生を賭けるのがいいとか、ある人は絶対無抵抗主義だとか、そういうふうになってくるわけですね。あなたのためなら祖国も裏切る。何もかも捨てる。愛がすべてであるっていうシャンソンもありますね。でも、それから先に、こういう愛のかたちだと世間が困らされるとか、私はあの人みたいな生き方は好きじゃない、とか思うのも自由ですね。たとえば、ある川を越えて恋人同士で逃げたら、それは捕まえて国家と社会として罰さなければならない。岡田嘉子さんがそうでした。そういうのはあるにしても、その手前には彼ら二人が考えるものはあるべきで、それはボエーティウスのように二人で考えることです。世間に迎合しないでね。

三浦　いまの人は全部忘れてますけど、戦争中、いろんな経済法規があって、米を非合法的に手に入れることは法律で罰せられたわけです。だけども、家族のために買い出しに行って、家族に食べさせるということ、これは基本的に愛ですよね。その行為によって法を犯すことを誰も悪いとは思わなかった。もう一つ言えば、法律でさえも、親は子の犯罪を知っていても証言する必要はないんです。

つまり、**愛はそれ自体がはるかに偉大な掟**である。だとすれば、愛にもいろいろあるけれども、ほんとの愛は何かというところへ行くと宗教になる。

6 納得して死を迎え入れるために

◇生きることは生涯をかけて学ぶべきことである。そして、おそらくそれ以上に不思議に思われるであろうが、生涯をかけて学ぶべきは死ぬことである。

――セネカ『人生の短さについて　他二篇』

三浦　人生の意味、生きることの意味というのは、死をどう見るか、あるいは死に対する見方をどう成長・発展させていくか、ということだろうな。もちろん、死について、という一般的な原則論はないわけだけれども、この頃の子どもにとって気の毒だと思うのは、親と一緒に暮らすだけで、祖父母と一緒に暮らさない。だから、祖父母の死というものを見るチャンスがなかなかないことですよね。

子どもの頃は祖父母は元気で、幼稚園へ連れて行ってくれたり、あるいは休みの日に動物園に行ってお菓子を買ってくれたり、アイスクリームを食べさせてもらって、お母さんには内緒だよ、なんて言うおばあさんがいる。それがだんだんだめになって死んでいく。それは**言葉ではなくて、体験として死を教えること**なんですね。それをもとにして、死について読んだり考えたり、そして自分の子どもを育てるようになり、自分もやがて死を前にする。そういう経験というのがとても重要だと思う。

三浦半島の突端に私たちの家があるのだけれど、そこではお盆の時に、集落の子どもたちが、お盆に使ったお供え物、野菜で作った馬とか、そういうものを全部集めてくる。二、三日前から彼らは稲藁《いなわら》で船を作るんです。その稲藁の上に集めたお供え物を全部載せる。そして、お供え物を集めた子よりももうちょっと年上の、小学校の上級から中学生ぐらいの子たちが、稲藁の船をみんなで押して沖合に行く。それを集落の人が全員で見送るんです。

僕は仏教のことはよく知らないけれど、お盆で帰って来た先祖の霊が、その船と一緒に再び西の海へ戻って行く。それを家中のみんなが出てきて見送る。若い親は、赤ん坊を抱いて見送っていて、その赤ん坊は四、五年たつと、お盆のお供え物を集める者になるかもしれない。十五年たつと、ボートを押して沖へ行くようになるかもしれない。今年沖へボートを押していく時のリーダーになった子は、三年後にはもうそれはしないで、結婚して、年老いた自分の両親といっしょにいるかもしれない。そういうかたちで、生まれてから死ぬまで、死んでから後の、人間の命のサイクルというものを、その集落全体で体験するんですね。そういう場が我々の社会になくなってしまった。それは宗教でも土俗信仰でも何でもいいんですけど、それが戦後社会の大きな欠陥だと思う。

「生涯をかけて学ぶべきことは死ぬことである」。その死について、たとえばお盆でもいい、キリスト教ならキリスト教でもいい、何でもいいんですけれども、生涯を賭けて学ぶべき死というものを、いま公立学校では教えることができない。社会もあえてそれを無視している。死ぬということは、必ず人災だということにしてしまう。人災がなければ人は死なないか、というと、たとえ人の過ちがなくても、みんな必ず死ぬんですよね。それを社会は無視しようとしている。家庭も教えない、学校も教えない、**それではどういう生き方をしていいかわからない子どもばっかりが増えていく**。これはやはり、戦後の日本の社会と家庭と学校の最大のマイナスだと思いますね。

曽野　死に必要なのは納得なんです。**戦後の市民社会は、抗議とか、権利の要求とか、そういうことばっかり教えて、納得の方法を全然教えなかった**。これは知恵の欠如ですよ、はっきり言って。私は納得することを何とか学ぼうとしてきましたね。

三浦　カトリックのお葬式の時に「また会う日まで」というのを歌うんですね。それは、はじめはパッとしない歌なんだけど「また会う日まで、また会う日まで、神のめぐみがともにありますように」という。「また会う日まで」というのは、非常に明るい、希望に満ちてるんです。

だから、死というものを悲しみながら、そこに希望を持てる、というような状態というのは、やっぱりいいことなんじゃないかな。死というものを、暗いもの、悲しいもの、マイナスのものとしてばかり考えないで、そうした時に、生きることがまた輝かしく、力強いものになっていくはずだと思います。

7　不幸も不運も受け入れる器量

◇いかなる在り方で存在しても、存在するものとして、一切は善いものである。
——トマス・アクィナス

曽野　私はこの言葉は「すべて存在するものは善きものである」というふうに憶えていたんです。すごい言葉ですね。この一言を知っているだけで、人生がいまのままか、変わるか、というほどの言葉でした。私にとっては。

三浦　ただ、これを表面的に考えると、宇宙の自然、つまり木々の緑、鳴く鳥、春になると咲く桜の花、というようなものを思いがちですけど、実は人間の罪とか悪とか病気とか、全部、善いものなんですよ。第二次大戦のような、何千万人という人間を殺し、何億の人間に惨禍をもたらしたものですら、善いものなんですよ。なぜならば、それは神の働きだから。

曽野　そして、そういうものがないと、人間がそれらのものをわからなかった。だから、智恵の光に照らす役をしたんでしょう。そのこと自体は悪かったのかもしれないけれど、存在したものによって人間はわかり続けてきたんですね。戦争というものがなかったら、戦争は悪です、なんて誰も言わないわけですよ。

そういう意味で、やはり、**存在したものに対して我々は感謝すべき**だし、悪い親でも感謝しましょう。悪い親を持ったことによって、はじめて人生の深淵を覗く子どもというのはたくさんいますから。だから、それを善きものにできるかどうかということが、その人の裁量にかかわっているんでしょうね。

三浦　つまり、善きものを思い浮かべる上で、見かけ上の悪というものは必要なんです。

神の働きというのはそういうものであって、どんな表向き表面的にみじめなものでも、そこに深い意味があるはずだ。それを汲み取れるか汲み取れないかは、その人の個人の器量によるわけです。

トマス・アクイナスという人は、キリスト教世界の中にあってイスラムが持って来た古代ギリシア・ローマの古典にぶつかり、イスラム世界というものを知って、そのなかで、近世的な意味でのキリスト教神学をつくり上げた学者たちのリーダーです。何でもかんでもトマス・アクイナスが書いたということになってますけれども、編纂責任者ですよ。いわば研究所長。

8 人生、暗闇の向こうに光がある

◇一羽の燕が、また或る一朝夕が春をもちきたすのではなく、それと同じように、至福なひと・幸福なひとをつくるものは一朝夕や短時日ではない。

——アリストテレス『ニコマコス倫理学』（上）

◇不幸のうちに初めて人は、自分が何者であるかを本当に知る。

——ツワイク『マリー・アントワネット』（上）

曽野　「重い過去を引きずって」という言葉があって、それは多くの場合、悪いことのように思いますけど、重い過去がないと重い幸福もないような気がしますね。

三浦　「冬来りなば春遠からじ」というよりも、春の美しさというのは、冬があってこそはじめて春になる。春の土台にはやはり冬がある。冬になって春を願うのではなく、春の中に暗く冷たい冬がすぐ前まであったことを忘れてはいけない。その時、人間は幸せになる。冬を忘れた人はもはや幸せじゃない。

たとえば「日本は経済大国になったというけれども、そんな実感はない」なんて言う人はやはり冬を忘れてる人なんだ。春が来た初めには三寒四温というけれども、寒い日があったり、あったかい日があったり、行きつ戻りつしながら、気がついてみると山の雪も全部融《と》けてしまったという状態が来るのであって、そして、山の雪がすべて融けてしまったということをあらためて確認する時に幸せなんじゃないかね。

曽野　というか、人間の能力ってそんなものなんですよね。完全に抽象的に幸福とかなんとかいうのが分かれればいいけれど、大抵の人間、私たちの能力では、比較なしにものがわからない。だから、辛いのがあるから甘いものがわかるので、**過去の不幸のような**

ものがあるから、あるいは、長い間待ちました、というような、ある実感がないと待ち望んでいた幸せもわからない。

待ちましたという時間とか、重苦しい過去の体験とかいうのは嫌なものだけれど、それなしには幸福とか解放とかいうものが凡人にはわからないんです。

私は昔、典礼学という講義を大学で聴きました。キリスト教の教会の構造もちょっと習ったんです。そして、戦後初めてヨーロッパに行って、有名な寺院に行った。そこには中にお墓があって、死体が埋まっているところもあるわけです。死屍《しし》累々という感じがして、暗くて冷たい。そこには死の臭い、罪の臭い、寒々とした、どちらかというと、教会の中というより地獄の入口のような感じがしないでもない。しかし、だいたい西側にバラ窓があって、そこから西日が差すと、巨大なステンドグラスから世にも美しい光が見えるわけです。その教会建築思想が学生時代にはわからなかったんですが、教会という建物の中に、死とか罪とか裏切りとか憎しみとかいう人間の暗い部分を暗示するものがある。中が暗いからこそはじめて西から入って来るステンドグラス越しの光がこの世ならぬ天国のような美しさを見せる。

つまり、**人間の感覚では残念ながら、暗黒がないと光が見えないという現実を知ったんです。**それ以来、もちろん本能的には暗黒とか不幸とか痛みとかは避けますけど、現実においてはそれらがあるから痛みがとれた時のほっとした感じとか、そういうものがあるのだと思えるわけです。

過去は忘れてしまうということ、暗黒を忘れてしまうことは、具合が悪い。幸福がわからないことだと言ったけど、そういうものを心に思い続けることは必要なんです。もちろん、不幸な時とか、痛い時とかに、この痛みがあるから後が幸せになるなんて思えませんけど、そういうからくりがどこかに用意されているというぐらいのことは自覚してもいいんですね。

※本書は一九九九年に四六判で出版された『人はみな「愛」を語る』を再構成し、加筆して新書化したものです。文脈上、名称や表現などを当時のままにしてある部分もあります。

青春新書
PLAYBOOKS

人生を自由自在に活動《プレイ》する

人生の活動源として

いま要求される新しい気運は、最も現実的な生々しい時代に吐息する大衆の活力と活動源である。

文明はすべてを合理化し、自主的精神はますます衰退に瀕し、自由は奪われようとしている今日、プレイブックスに課せられた役割と必要は広く新鮮な願いとなろう。

いわゆる知識人にもとめる書物は数多く窺うまでもない。

本刊行は、在来の観念類型を打破し、謂わば現代生活の機能に即する潤滑油として、逞しい生命を吹込もうとするものである。

われわれの現状は、埃りと騒音に紛れ、雑踏に苛まれ、あくせく追われる仕事に、日々の不安は健全な精神生活を妨げる圧迫感となり、まさに現実はストレス症状を呈している。

プレイブックスは、それらすべてのうっ積を吹きとばし、自由闊達な活動力を培養し、勇気と自信を生みだす最も楽しいシリーズたらんことを、われわれは鋭意貫かんとするものである。

―創始者のことば―　小澤和一

著者紹介

三浦朱門〈みうら しゅもん〉

1926年東京生まれ。東京大学文学部卒業。日本大学芸術学部の教職に就きながら、作家活動を展開。69年日大教授を退職。85年4月から翌年8月まで文化庁長官、2004年より日本芸術院院長を務めるなど、教育、文化面で精力的に活躍している。主な近著に『老年の品格』『老年の流儀』(いずれも海竜社)などがある。

曽野綾子〈その あやこ〉

1931年東京生まれ。聖心女子大学英文科卒業。53年三浦朱門氏と結婚。執筆活動の傍ら、95年から2005年まで日本財団会長を務めるなど、国際的に幅広く活躍している。主な近著に『人間の基本』(新潮新書)、『人生の原則』(河出書房新社)など。

愛《あい》に気《き》づく生《い》き方《かた》　青春新書 PLAYBOOKS

2013年6月1日　第1刷

著者　三《み》浦《うら》朱《しゅ》門《もん》
　　　曽《そ》野《の》綾《あや》子《こ》

発行者　小澤源太郎

責任編集　株式会社プライム涌光

電話　編集部　03(3203)2850

発行所　東京都新宿区若松町12番1号 〒162-0056　株式会社青春出版社

電話　営業部　03(3207)1916　振替番号　00190-7-98602

印刷・図書印刷　製本・フォーネット社

ISBN978-4-413-01989-7